# VIE

# DE LOUIS-PHILIPPE

PAR

M. ALFRED NETTEMENT.

---

PUBLIÉ PAR LA MODE.

Prix : 50 centimes.

---

PARIS,

AU BUREAU DE LA MODE, RUE DU HELDER, 25,

CHAUSSÉE- D'ANTIN.

1848

# VIE

# DE LOUIS-PHILIPPE D'ORLÉANS.

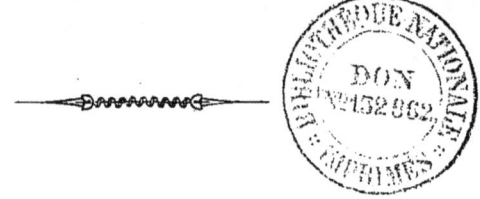

La vie de Louis-Philippe d'Orléans est politiquement achevée; l'homme vit encore, le personnage historique a cessé d'exister. Le moment de raconter cette existence, qui traversa tant de fortunes diverses, toucha à tant de situations, contint tant de péripéties et se termina par une catastrophe à laquelle l'histoire n'offre rien de pareil, est donc venu.

En racontant cette vie, nous nous interdisons le blâme comme la louange. La louange serait impossible; le blâme ressemblerait à un acte de rancune. Nous remplirons le rôle de simples rapporteurs historiques, qui ne jugent pas, mais qui analysent le dossier d'une affaire et qui mettent en ordre les documens et les pièces. Pour donner un gage plus certain de notre impartialité, nous consulterons de préférence les pièces authentiques et les ouvrages des écrivains qui ont écrit sous la restauration et sous le règne de Louis-Philippe lui-même. La vérité est une aux yeux de l'historien qui se respecte, et il faut parler d'un prince tombé, le lendemain de sa chute, comme on en aurait parlé la veille.

Le 6 octobre 1773, naissait, au Palais-Royal, un enfant que l'on nomma duc de Valois. On peut dire que son entrée dans la vie fut signalée par une haute marque de bienveillance de la branche aînée envers la branche cadette. Le dauphin, qui devait bientôt s'appeler Louis XVI, et Marie-Antoinette, qui était alors dauphine, répondirent à Dieu de cet enfant et le présentèrent à l'église.

L'éducation du jeune Louis-Philippe, qui devint duc de Chartres, le jour

de la mort de son aïeul, ne fut pas confiée, on le sait, à un homme, mais à
une femme; il eut pour gouverneur madame de Genlis. Cette femme-auteur,
d'une vive imagination, mais d'une raison beaucoup moins remarquable, fit
tour à tour, de cette éducation princière, une idylle, une pastorale, un mé-
lodrame et un roman. Elle joua sans cesse la comédie vis-à-vis de ses élèves
et souvent avec eux; ce fut pour eux qu'elle écrivit son roman d'*Adèle et
Théodore*. La vertueuse mère de Louis-Philippe, outre les autres griefs
qu'elle avait contre madame de Genlis, cet étrange gouverneur que tout Paris désignait comme la maîtresse attitrée du duc d'Orléans, ne pouvait lui
pardonner cette éducation théâtrale donnée à ses enfans. Elle redoutait les
inconvéniens qu'un pareil système pouvait avoir, en détruisant cette fleur de
franchise et de naïveté qui est à l'âme ce que le velouté est aux fruits, et en
remplaçant, par des sentimens artificiels, les sentimens de la nature. Entrait-
elle en convalescence après une maladie sérieuse? Au lieu de lui amener ses
fils et sa fille auxquels elle aurait ouvert ses bras avec tant de joie et une
tendresse maternelle si vive et si profonde, on composait, pour la circonstance, une églogue sentimentale dans laquelle on leur distribuait les rôles.
Leur amour pour leur mère ne devait s'exprimer qu'à un signal donné et
lorsqu'on serait arrivé sur le lieu de la scène, c'est à dire dans un bosquet
disposé pour l'églogue que madame de Genlis, la femme la plus sentimentale
et la moins sensible de France, avait imaginée. « Là, disent les Mémoires
» de madame de Genlis, se trouvaient mademoiselle d'Orléans, la main sur
» son cœur et les yeux levés au ciel, et le duc de Chartres, agenouillé dans
» l'attitude de l'attendrissement, et tenant à la main un burin avec lequel il
» semblait terminer, sur un piédestal où s'élevait une statue, l'inscription sui-
» vante : *A la Reconnaissance.* » C'est ainsi que madame de Genlis rédui-
sait tout en comédie, tout, jusqu'à la piété filiale.

Ce fut cette femme, que Mirabeau put accuser d'être sa maîtresse, qui fit
l'éducation de Louis-Philippe. Cette pupille du financier La Popelinière, in-
trigante dès l'enfance, comédienne avant l'âge et joignant à toutes les faiblesses
de son sexe toutes les prétentions du nôtre; écrivant des livres de piété et des
romans infâmes; s'habillant en homme; chirurgien, anatomiste; menant la
vie des roués; demeurant au Palais-Royal, malgré la duchesse d'Orléans,
était en même temps la maîtresse du père et la préceptrice des enfans. Quant
à la moralité d'une pareille institutrice, il est facile de s'en faire une idée par
l'anecdocte suivante, racontée dans la *Biographie universelle* : « Madame de
» Genlis, y lit-on (1), visitant le château d'Anet avec ses élèves Louis-

---

» Philippe d'Orléans et sa sœur mademoiselle Adélaïde , s'arrêta devant le » monument de Diane de Poitiers , et ne rougit point de dire , en regardant » le jeune prince d'une manière assez significative : *Ah ! qu'elle fut heureuse* » *d'avoir été la maîtresse du père et du fils !* » Quant aux tendances politiques de ses enseignemens, madame de Genlis en fit confidence au public dans plus d'un ouvrage ; elle cherchait à flatter les idées révolutionnaires qui commençaient à prévaloir, et elle inoculait les nouvelles doctrines à ses élèves.

Lorsque les idées eurent enfanté des évènemens, les leçons de madame de Genlis devinrent plus positives et plus directes. Elle était à Saint-Leu avec ses élèves au moment où la Bastille tomba. Aussitôt elle les ramena à Paris ; elle voulait qu'ils assistassent aux réjouissances qui annonçaient la chute de la monarchie. Elle conduisit donc le jeune Louis-Philippe , sa sœur et ses frères sur la terrasse du jardin de Beaumarchais, pour qu'ils contemplassent ce spectacle ; et, comme si ce n'était pas assez encore , à la fin de la même journée, des femmes avinées ayant commencé dans le jardin du Palais-Royal des rondes frénétiques, elle excita Louis-Philippe et sa sœur à se mêler aux danses de ces furies.(1). Plus tard, quand le mouvement des 5 et 6 octobre éclata, madame de Genlis voulut donner à Louis-Philippe , comme à mademoiselle Adélaïde, le spectacle du départ , menaçant de l'armée révolutionnaire et de son retour, lorsqu'elle ramena le roi prisonnier à Paris, en portant devant lui des lambeaux sanglans de chair humaine et des têtes coupées en guise de drapeaux. C'est M. de Clermont-Gallerande qui a consigné ce fait dans ses mémoires : « Madame de Genlis, dit-il , était avec ses élèves sur » la terrasse de la maison de Passy qu'ils occupaient , pour voir passer ceux », qui allaient à Versailles le 5 octobre. Elle y était aussi le jour où le mal- » heureux Louis XVI se rendit à l'Hôtel-de-Ville. Il se tenait sur cette ter- » rasse les propos les plus offensans contre la reine et madame la princesse » de Lamballe. »

Telle fut l'éducation que le duc d'Orléans fit donner à ses enfans. C'est à Louis-Philippe lui-même que nous emprunterons l'expression des idées qui régnaient dans son intelligence et des sentimens qui animaient son cœur, dans les années qui suivirent la première année de la révolution.

Il écrivait, dans son journal, à la date du 10 novembre 1790, ces lignes qui semblent de circonstance aujourd'hui (2) : « Le soir nous avons été à *Brutus.* On a fait beaucoup d'allusions lorsque Brutus dit :

« Dieu ! donnez-moi la mort plutôt que l'esclavage. »

(1) *Biographie universelle*, article GENLIS.
(2) *Journal de Louis-Philippe écrit par lui-même.*

» Toute la salle a retenti d'applaudissemens et de bravos ; tous les chapeaux
en l'air : cela était superbe. Un autre vers finissait par ces mots :

« . . . . . . . . . *Etre libre et sans roi.* »

» a été aussi couvert d'applaudissemens. »

Il continuait le 25 novembre : « Après le dîner, j'ai été aux Jacobins, je
» suis arrivé le premier dans la salle.» Le 5 janvier 1792, il ajoutait : « A
» cinq heures et demie nous avons été à la Comédie-Française. On donnait la
» première représentation du *Despotisme renversé*, de M. Harny. C'est la ré-
» volution mise en action, la prise de la Bastille. Cette pièce a eu le plus
» grand succès. J'ai été chez l'auteur et lui ai témoigné, le mieux que j'ai
» pu, le plaisir que m'a fait sa pièce. » Un mois auparavant, le 3 décembre,
il écrivait : « J'ai demandé que l'âge requis pour l'admission aux Jacobins fût
» fixé à dix-huit ans. On a rejeté mon amendement. J'ai dit alors que j'a-
» vais un intérêt à cet amendement, que mon frère désirait ardemment en-
» trer dans cette société et que cela le rejetait bien loin. M. Collot-d'Herbois
» m'a dit que cela ne ferait rien ; que quand on avait reçu une telle éduca-
» tion, on était dans le cas des exceptions. Je l'ai remercié    me suis en
» allé. » A la date du 18 juin 1792, on trouve, dans le même journal, cette
hrase : « La musique du régiment est venue, et tout de suite elle a joué *Ça
a*, sans que je le demande. Je leur ai donné deux louis. »

Le 8 août 1792, Louis-Philippe partit pour l'armée qui se réunissait à Va-
enciennes ; il assista aux batailles de Jemmapes et de Valmy, sous le nom du
néral Louis-Philippe Egalité, qu'il portait depuis que son père avait re-
noncé au nom de ses aïeux. Il était sous les ordres du général en chef Dumouriez, qu'il ne faut pas croire, selon M. Thiers, quand il nie le projet qu'on
lui prêta d'avoir travaillé pour mettre la maison d'Orléans sur le trône. Le
jeune Louis-Philippe continua, durant quelque temps, à manifester les mêmes opinions et à professer les mêmes principes, jusqu'à dire à des dragons
qui lui avaient offert un fauteuil, comme marque de distinction, *qu'il aime-
rait mieux le manger que de s'y asseoir* (1).

Cette antipathie contre le trône dura peu. Louis-Philippe entra dans la
conspiration de Dumouriez, dont le but était de lui assurer la couronne de
France à l'aide des Autrichiens. M. de Lamartine, dans ses *Girondins*, ca-
ractérise ainsi la conduite des confédérés d'Ath, au nombre desquels était le
duc d'Orléans :

« Après la déroute de Louvain, une dernière et fatale conférence eut lieu

---

(1) Extrait du *Journal de Louis-Philippe écrit par lui-même.*

» à Ath entre le colonel Mack et Dumouriez ; le duc de Chartres, le colonel
» Montjoie et le général Valence y assistaient. C'était à l'armée le parti d'Or-
» léans tout entier, assistant, par ses plus hautes têtes, à l'acte qui devait ren-
» verser la république et faire tomber, par la main du peuple et des soldats,
» la couronne constitutionnelle sur le front d'un prince de cette maison. Du-
» mouriez oubliait qu'une couronne ramassée dans la défection, au milieu
» d'une déroute, soutenue par les Autrichiens d'un côté, de l'autre par un
» général traître à la patrie, ne pourrait jamais tenir sur le front d'un roi.
» Pendant que Dumouriez marcherait sur Paris pour renverser la constitu-
» tion, les Autrichiens s'avanceraient en auxiliaires sur le sol français, et
» prendraient Condé en gage. Tel était ce traité secret où la démence riva-
» lisait avec la sédition. Dumouriez, qui croyait passer le Rubicon et qui
» avait sans cesse le rôle de César devant les yeux, oubliait que César n'avait
» pas amené les Gaulois à Rome. Faire prendre parti à son armée dans une
» des factions qui divisaient la république, après avoir vaincu l'étranger et
» assuré la sûreté des frontières, marcher sur Paris et s'emparer de la dic-
» tature, c'était un de ces attentats politiques que la liberté ne pardonne pas,
» que le succès et la gloire excusent quelquefois dans les temps extrêmes.
» Mais livrer son armée, ouvrir ses places fortes à l'empire, guider soi-même
» contre son pays les légions ennemies que sa patrie l'avait chargé de com-
» battre, imposer à l'aide de l'étranger un gouvernement à son pays, c'était
» dépasser mille fois le tort des émigrés, car les émigrés n'étaient que des
» transfuges, les confédérés d'Ath étaient des traîtres (1). »

On sait comment se termina cette conspiration. La Convention envoya des
commissaires pour arrêter Dumouriez au milieu de son armée. Dumouriez les
fit arrêter eux-mêmes par ses hulans, et se réfugia dans le camp des Autrichiens auxquels il les livra. Le duc d'Orléans passa à l'ennemi avec Dumouriez.

Une fois au dehors, Louis-Philippe d'Orléans changea de conduite, et bientôt de principes. Après un voyage en Suisse, où il enseigna les mathémati-
ques dans la petite ville de Reichenau, et un voyage dans le nord des États-
Unis, il revint en Europe, et il chercha à se réconcilier avec la branche
aînée. « Le duc d'Orléans, dit M. Sarrans (2), fit pendant vingt ans, tout ce
» qu'il est humainement possible de faire pour obtenir le pardon de ce que
» S. A. S. appelait les égaremens de sa jeunesse. Instruit par sa mère, que
» le cœur de Louis XVIII n'était pas insensible au repentir d son cousin, le
» duc d'Orléans n'avait point balancé à s'éloigner d'une famille américaine

(1) Les Girondins, 5e volume.
(2) Louis-Philippe et la Contre-révolution de 1830, 1er vol., page 101.

» qui avait choyé son malheur, et dans le sein de laquelle l'hymen allait res-
« serrer les liens de l'hospitalité et de la reconnaissance. Rentré en Europe,
» gracié par sa famille et admis pour 2,000 livres sterling dans la répartition
» des secours que la Grande-Bretagne accordait à la royauté détrônée, M. le
» duc d'Orléans s'évertua à prouver la vérité de ses regrets et de son repen-
» tir. Dès ce moment, sa conversion aux doctrines de la légitimité devint
» aussi ardente que son amour pour les idées révolutionnaires avait été pas-
» sionné. Se repentir hautement, parut être pour lui un besoin de chaque
» jour. Il se repentit dans la cathédrale de Palerme, où, en recevant la main
» d'une princesse napolitaine, il jura foi et hommage à la contre-révolution ;
» il se repentit en 1806, à Londres, en acceptant avec transport l'offre d'un
» commandement dans les armées du roi de Suède, qui avait signé, le
« 3 octobre, un traité avec l'Angleterre et avait son quartier-général à Lim-
» bourg; il se repentit à Cadix, en sollicitant un commandement contre les
» vétérans de Jemmapes et de Valmy ; il se repentit à Tarragone, en signant
» une proclamation qui appelait les soldats du drapeau tricolore à se rallie-
» sous l'étendard des lis; enfin, en tout temps et partout, soit par des rétrac-
» tations, soit par ses actes, S. A. S. exprima le profond repentir qu'elle
» éprouvait du délire révolutionnaire qui l'avait subjugué jusqu'au point de
» lui faire signer une lettre *Louis-Philippe Égalité, prince français pour son*
» *malheur, et jacobin jusqu'au bout des ongles.* »

Il est juste de rappeler que M. Sarrans, qui a écrit ce résumé des repen-
tirs de M. le duc d'Orléans, appartient à l'extrême gauche. Pour ne négliger
aucune école historique et pour mettre tous les documens sous les yeux des
lecteurs, nous citerons un historien conservateur après un historien démocrate, M. Capefigue après M. Sarrans. « La révolution de 89, dit M. Cape-
» figue, avait réduit le duc d'Orléans à la situation la plus déplorable. Obligé
» d'émigrer pour éviter le sort de son père, il se trouva forcé de donner des
» leçons publiques en Suisse. Rejeté par la révolution, il l'était également
» par la famille des rois. Lorsque las de ses malheurs, il voulut y rentrer,
» c'est à Charles X qu'il s'adressa. Ce prince, oubliant les crimes de Phi-
» lippe-Égalité, accueillit le duc d'Orléans comme un troisième fils. Le ser-
» ment de fidélité que Louis-Philippe s'empressa de prêter à Louis XVIII
» lui ouvrit les cours de l'Europe. Il dut à ce premier bienfait une retraite
» heureuse en Sicile, et, bientôt après, la main de la princesse Amélie et un
» commencement de fortune indépendante. »

Après les récits historiques viennent les documens. Le 23 avril 1808,
M. le duc d'Orléans ayant reçu copie de la protestation de Louis XVIII en
faveur des droits des Bourbons à la couronne de France, signa, comme premier prince du sang, l'adhésion suivante, souscrite par la famille royale tout
entière :

« Nous, princes soussignés, frère, neveu et cousins de S. M. Louis XVIII, roi de France et de Navarre,

» Pénétrés des mêmes sentimens dont notre souverain seigneur et roi se montre si glorieusement animé dans sa noble réponse à la proposition qui lui a été faite de renoncer au trône de France, et d'exiger de tous les princes de sa maison une renonciation à leurs DROITS IMPRESCRIPTIBLES de succession à ce même trône, déclarons:

» Que notre attachement à nos devoirs et à notre honneur ne pouvant jamais nous permettre de transiger sur NOS DROITS, nous adhérons de cœur et d'âme à la réponse de notre roi ;

» Qu'à son illustre exemple, nous ne nous prêterons jamais à la moindre démarche *qui pût avilir la maison de Bourbon*, ni lui faire manquer *à ce qu'elle se doit à elle-même, A SES ANCÊTRES, A SES DESCENDANS* ;

» Et que si l'injuste emploi d'une force majeure parvenait (ce qu'à Dieu ne plaise !) à placer DE FAIT et JAMAIS DE DROIT *sur le trône de France* TOUT AUTRE QUE NOTRE ROI LÉGITIME, nous suivrons, *avec autant de confiance que de fidélité*, la voix de l'honneur qui nous prescrit d'en appeler, *jusqu'à notre dernier soupir*, à Dieu, aux Français et à notre épée.

» Wasted-House, le 23 avril 1803.

» LOUIS-PHILIPPE D'ORLÉANS, etc. »

Le 7 mai 1810, il donnait aux principes de la légitimité une nouvelle adhésion, par la lettre suivante adressée aux cortès de Cadix représentant Ferdinand VII :

« En acceptant l'honorable mission de combattre avec les armées espagnoles, je remplis non seulement ce que mon honneur et mon inclination me dictent, mais je me conforme aux désirs de LL. MM. siciliennes et des princes mes beaux-frères, si éminemment intéressés aux succès de l'Espagne contre le tyran qui a voulu ravir tous ses droits à l'auguste maison dont j'ai aussi l'honneur d'être issu.

» Il est temps sans doute que la gloire des Bourbons cesse de devenir un vain souvenir pour les peuples que leurs ancêtres ont tant de fois conduits à la victoire... Heureux si mes faibles efforts peuvent contribuer à relever et à soutenir les trônes renversés par l'usurpateur, à maintenir l'indépendance et les droits des peuples, qu'il foule aux pieds depuis si long-temps ! et heureux même encore si je dois succomber dans cette noble lutte, puisque dans tous les cas j'aurai au moins acquis, comme V. M. veut bien me le dire, *la satisfaction d'avoir pu remplir mes devoirs et de m'être montré digne de mes ancêtres.*

» ... L'Espagne recouvrera son roi, soutiendra ses autels et le trône, et, s'il plaît à Dieu, j'aurai l'honneur d'accompagner les Espagnols vainqueurs, lorsque, par leur noble exemple, et avec leur assistance, leurs voisins les recevront chez eux.

» LOUIS-PHILIPPE D'ORLÉANS.

« Palerme, le 7 mai 1810 (1). »

C'est dans cet endroit que doivent trouver place quelques passages des lettres célèbres dont les autographes ont été vendus par la *Contemporaine* à un voyageur français qui les a publiés dans plusieurs journaux, sans que le parquet de Louis-Philippe ait osé contester leur authenticité.

« Mon caricle m'attend sur la route de Hampton-Court, et je dois y être *rassis* au mois de juin, parce que, sans cela, je perds, au moins de juin, *et mon traitement et la protection de l'Angleterre*, que je ne suis nullement *disposé à abandonner.*

» Il paraît que Soult se trouve dans une position fâcheuse, et qu'il est pressé par la Romana et le général Craddvek. *J'espère qu'ils vont être écrasés en Espagne.*

» *La responsabilité n'est à craindre que quand on ne réussit pas.*

» Il y a en Espagne des armées françaises qui vont se trouver, je l'espère, du moins, *dans des positions désastreuses.*

» Quand je sens, quand je vois, que je touche au doigt et à l'œil tout ce que je pourrais faire si on s'entendait avec moi, et si on n'avait pas l'air de vouloir toujours me tenir sous clé à Hampton-Court ou à Twickenham, ma position bizarre présente, il me semble, quelques avantages que je puis m'exagérer, mais dont il me semble qu'on pourrait tirer parti, qui est tout ce que je demande. Je suis prince français, et cependant *je suis Anglais,* d'abord *par besoin,* parce que nul ne sait mieux que moi que l'Angleterre est la seule puissance qui veuille et qui puisse me protéger ; je le suis *par principes, par opinion et par toutes mes habitudes,* et cependant je ne suis pas Anglais aux yeux des étrangers, quand ils m'écoutent, ce n'est pas avec la même prévention que quand ils écoutent ce qui leur est dit par un ministre et par un général anglais. Je pourrais donc, dans beaucoup de cas, établir cette conciliation et cette bonne intelligence, dont le défaut a si souvent entravé et même fait avorter les entreprises du gouvernement anglais. »

Citons encore quelques lettres où les sentimens de M. le duc d'Orléans à cette époque, viennent se réfléter.

Il écrivait en 1804 à l'évêque de Landaff après la mort du duc d'Enghien :

---

(1) *Histoire de la Restauration,* par M. Lubis, tome 1er, p. 376 et 377.

« L'usurpateur corse ne sera jamais tranquille, tant qu'il n'aura pas effacé
» notre famille entière de la liste des vivans. Cela me fait ressentir plus vi-
» vement que je ne le faisais, quoique cela ne soit guère possible, le bien-
» fait de la généreuse protection qui nous est accordée par votre nation ma-
» gnanime ; j'ai quitté ma patrie de si bonne heure que j'ai à peine les ha-
» bitudes d'un Français, et je puis dire avec vérité, que je suis attaché à
» l'Angleterre, non seulement par la reconnaissance, mais par goût et par
» inclination. C'est bien par la *sincérité* de mon cœur que je le dis, puissé-
» je ne jamais quitter cette terre hospitalière (1) ! »

Enfin, au commencement de 1814 (février), M. le duc d'Orléans, qui ha
bitait Palerme, ne recevant aucun ordre de Louis XVIII, écrivait au roi en
ces termes :

### « SIRE,

» Est-il possible qu'un meilleur avenir se prépare, que votre *étoile* se dé-
» gage enfin des nuages qui la couvrent: que celle du *monstre* qui accable la
» France pâlisse à son tour ! Que ce qui se passe maintenant est admirable !
» *Que je suis heureux du succès de la coalition ! Il est temps qu'on achève*
» *la ruine de la révolution et des révolutionnaires !* Mon vif regret est que le
» roi ne m'ait pas autorisé, selon mon désir, d'aller demander du service
» aux souverains ; je voudrais, en retour de mes erreurs, contribuer [de ma
» personne à ouvrir au roi le chemin de Paris : mes vœux du moins hâtent
» la chute de Bonaparte que *je hais autant que je le méprise*. Qui nous a fait
» plus de mal que lui, assassin de notre pauvre cousin le duc d'Enghien,
» usurpateur de votre couronne qu'il souille de ses crimes ? Dieu veuille que
» sa chute soit prochaine, je la demande au ciel chaque jour dans mes
» prières ! »

Tels furent les sentimens, telles furent les idées, telle fut la vie de Louis-
Philippe, de 1794 à 1814, c'est à dire pendant vingt ans. Nous pourrions
cependant ajouter d'autres détails encore. La première fois que ce prince re-
vit Louis XVIII, après son retour aux principes monarchiques, ce fut par
l'intermédiaire de Madame la duchesse douairière d'Orléans, pour laquelle le
roi avait une estime profonde. Il voulut fléchir le genou en exprimant son
repentir et ses regrets, mais le roi le releva. Les émigrés, plus intolérans que
la famille royale, lui faisaient peu d'accueil; le duc de Berry lui prit le bras au
spectacle, un soir que tout le monde l'évitait, et il dit très haut : « Y a-t-il
» quelqu'un qui ait le droit de se montrer plus difficile que le duc de Berry ? »

---

(1) Le vœu de Louis-Philippe est actuellement exaucé.

Enfin l'intervention du roi contribua beaucoup à aplanir les difficultés qui s'opposaient à son mariage avec la princesse Amélie. On peut dire que pendant toute cette période de vingt années, le duc d'Orléans se conduisit de manière à prouver aux plus incrédules qu'il avait répudié tous les principes de la révolution, et que les Bourbons agirent avec lui de manière à le convaincre qu'ils avaient entièrement oublié le passé et qu'ils ne se souvenaient plus que de ses promesses de fidélité sur lesquelles ils comptaient.

Quelques mois après la dernière lettre du duc d'Orléans que nous avons citée, la Restauration intervint. Aussitôt le duc quitte Palerme et arrive à Paris. Il obtient une audience de Louis XVIII, qui lui rend l'ancien apanage d'Orléans d'un trait de plume. « Quand les Bourbons rentrèrent en France, » dit M. Capefigue (1), « Louis XVIII non seulement paya toutes les dettes que » M. le duc d'Orléans avait contractées en exil, mais il lui rendit toute la » fortune de son père. Ce fut, de la part des Bourbons, un bienfait purement » gratuit, car Philippe-Égalité, accablé de dettes, avait, par un honteux bi- » lan, abandonné à ses créanciers tous ses biens que le gouvernement avait » rachetés en payant ses dettes. »

M. de Montesquiou a raconté l'impression profonde que fit cette libéralité vraiment royale sur M. le duc d'Orléans. « Depuis 1814, » disait-il, « je » crois M. le duc d'Orléans très dévoué à la branche aînée. Je me souviens » que lorsque j'eus l'honneur de traiter auprès du roi Louis XVIII l'affaire des » domaines de son altesse sérénissime, avec quelles expressions contre la ré- » volution et contre ce qu'il appelait ses égaremens de 1789 et de 1792, le » duc ne s'expliquait-il pas ! Le lendemain, je le trouvai dans le cabinet » de Louis XVIII, témoignant toute sa reconnaissance au roi ; son altesse » royale était d'une émotion difficile à dépeindre. C'était justice, il s'agissait » de la restitution de ses vastes domaines. »

Bientôt après les Cent-Jours arrivèrent, M. le duc d'Orléans sortit de France avec la branche aînée. Un écrivain que nous avons déjà cité (2) rend aussi compte de sa conduite pendant les Cent-Jours : « M. le duc d'Orléans » adressa au congrès de Vienne, deux mémoires explicatifs des causes qui » avaient amené le renversement de la maison de Bourbon en 1789 et en » 1814. Son altesse sérénissime, pensant que son étoile pouvait briller en- » core au milieu des embarras de l'époque, voulait-elle suggérer au congrès » qu'elle saurait éviter l'écueil contre lequel Louis XVIII venait de se bri- » ser ? C'est un problème dont j'abandonne la solution à la perspicacité de » mes lecteurs. Toujours est-il qu'en apprenant la démarche du duc d'Or-

---

(1) *Histoire de la Restauration.*
(2) *Louis-Philippe et la Contre-Révolution*, par M. Sarrans.

» léans, Louis XVIII manifesta la plus vive indignation et expédia immédia-
» tement à madame la duchesse d'Angoulême, qui venait d'arriver à Lon-
» dres, l'ordre de surveiller les entreprises du duc d'Orléans à Londres, et
» de combattre son influence sur l'esprit du régent, qu'on savait lui porter
» quelqu'intérêt par le souvenir des aristocratiques orgies dans lesquelles le
» prince de Galles et le père de son altesse sérénissime s'étaient plongés au-
» trefois. »

Nous rapportons ces conjectures pour ce qu'elles valent et il convient à un
biographe prudent, de reproduire en regard l'énergique dénégation que M. le
duc d'Orléans opposa aux rumeurs accusatrices qui couraient à ce sujet.
« Français, disait-il dans une proclamation datée de 1816, puisqu'on veut
» mêler mon nom à des vœux coupables, mon honneur me dicte à la face de
» l'Europe entière une protestation solennelle. Le principe de la légitimité
» est aujourd'hui la seule garantie de paix en France et en Europe; les ré-
» volutions n'en ont que mieux fait sentir la force et l'importance. Oui,
» Français, je serai fier de vous gouverner, mais seulement si j'étais assez
» malheureux pour que l'extinction d'une branche illustre eût marqué ma
» place au trône. Français. Je m'adresse à quelques hommes égarés, revenez
» à vous-mêmes et proclamez-vous sujets de Louis XVIII et de ses héritiers
» naturels avec un de vos princes et de vos concitoyens. »

Il fallait que les rumeurs que cette belle proclamation était destinée à combattre, eussent acquis une assez grande autorité, car, en 1816, Louis XVIII
ne voulait pas consentir à laisser rentrer le duc d'Orléans en France. Mais
*Monsieur*, comte d'Artois (plus tard Charles X), se fit la caution de son cousin, et emporta de haute lutte le consentement du roi à son retour. Ce fait
sert de point de départ à une ligne de démarcation naturelle entre la conduite
que tinrent le roi et les autres membres de la famille royale envers M. le
duc d'Orléans.

Sans doute le roi Louis XVIII ne retira ni le pardon qu'il avait accordé à
d'anciennes erreurs, ni le don magnifique qu'il avait fait en rendant au duc
l'ancien apanage d'Orléans, libéré des dettes dont il était grevé avant la révolution de 1789, don qui avait causé une si grande émotion à S. A. S.,
selon M. de Montesquiou. Mais là s'arrêtèrent les faveurs qu'il accorda au
premier prince du sang. C'est en vain, disent les historiens de cette époque(1),
que M. le duc d'Orléans chercha à faire convertir en loi d'Etat l'ordonnance
royale; résultat d'un acte de pure volonté, elle conserva le caractère essen-
tiellement révocable dont le roi Louis XVIII avait tenu à la marquer. C'est

_____

(1) Voir les Histoires de MM. Capefigue, Sarrans, Lubis, Louis Blanc, c'est à
dire de toutes les nuances.

en vain aussi qu'il sollicita du roi le titre d'altesse royale. On faisait cependant valoir d'excellentes raisons pour déterminer le roi. « On allait, » dit M. Sarrans, « dans les épanchemens de la réconciliation, jusqu'à insinuer » que madame la duchesse d'Orléans, jouissant, comme fille de roi, du titre » d'altesse royale, on mettrait un juste orgueil à en être revêtu soi-même. » Ce nouvel acte de munificence devait prouver à tout le monde qu'il y avait » un abîme entre le duc d'Orléans et la révolution, et que désormais Son » Altesse ne pouvait plus tirer l'épée que pour la défense de son souverain » légitime. C'est également dans ce sens que parlait madame la duchesse » douairière d'Orléans, princesse que Louis XVIII avait toujours honorée » d'une haute estime. Cette faveur, disait-elle, ne serait qu'un gage de plus » du retour de son fils à des sentimens en dehors desquels on l'avait jeté » malgré lui. »

L'historien conservateur parle, sur ce point d'histoire, comme le publiciste démocrate, et il explique de même les refus de Louis XVIII. « Le vieux » roi », dit M. Capefigue, « résista à toutes les sollicitations. *Il est déjà assez* » *près du trône,* » disait-il à M. de Montesquiou, « *je me garderai bien de* » *l'en approcher davantage.* »

Ainsi les bontés que le roi Louis XVIII montrait à M. le duc d'Orléans étaient mêlées de quelques défiances. Mais MONSIEUR, comte d'Artois, madame la duchesse de Berry et tous les princes, ne partageant en aucune façon les défiances de Louis XVIII, l'assiégeaient de leurs sollicitations en faveur du premier prince du sang. Dès que MONSIEUR fut monté sur le trône, sous le nom de Charles X, il exauça les vœux qu'il avait favorisés de tout son crédit, et voulut annoncer, de sa propre bouche, au duc d'Orléans, qu'il lui accordait ce titre si long-temps et si ardemment souhaité. Il existe une lettre de son altesse sérénissime qui exprime toute la joie que lui causa cette faveur.

Voici cette lettre, publiée par M. Louis Blanc dans son histoire intitulée : *Histoire de Dix ans*; elle est adressée au duc de Bourbon et datée de Neuilly le 21 septembre 1824 :

« Je m'empresse, Monsieur, de vous faire part que le roi m'ayant fait dire » hier au soir de me trouver chez lui aujourd'hui à midi, je suis arrivé chez » sa majesté peu d'instans avant qu'il ne sortît pour aller à la messe. Dès » que j'ai été introduit dans son cabinet, j'ai commencé par le remercier de » ses bontés, et j'ai ajouté que nous avions été particulièrement sensibles à » celle qu'il avait eue pour nous avant-hier, à l'occasion du goupillon. — « *Oui,* » a-t-il repris, « *j'ai voulu que cela fût ainsi, parce que je trouve* » *que cela devait être, et justement je voulais vous dire que je vous accorde* » *à tous le titre d'altesse royale.* »—Le roi nous l'accorde à tous, ai-je re-

» pris en hésitant. —« *Oui, à tous* », m'a-t-il dit, « *cela n'est pas d'accord avec*
» *nos anciens usages* ; *mais je trouve que dans l'état actuel des choses cela doit.*
» *être ainsi.* » Puis, comme je lui observais que je n'avais jamais conçu la
» distinction de famille royale et de princes du sang, et que je ne concevais
» pas davantage qu'il dût y avoir entre nous d'autre prééminence et d'autre
» distinction que celle de l'aînesse et du pas qui en découle, le roi m'a dit
» que le feu roi avait pris sur tout cela un travers qu'il avait été fâché de le
» voir, mais que nous n'étions qu'une famille, que nous n'avions qu'un inté-
» rieur commun, *qu'il voulait que nous le regardassions comme un père, et*
» *que nous soyons toujours bien unis.* Nous nous proposons d'aller demain
» à Saint-Cloud, entre onze heures et midi, remercier le roi de sa bonté de
» nous accorder le titré d'altesse royale. »

Ce n'était là que le prélude des bontés dont le roi Charles **X** devait com-
bler M. le duc d'Orléans. Le désir le plus ardent de la nouvelle altesse royale,
on l'a dit, était de voir l'ordonnance qui lui attribuait les apanages d'Orléans, remplacée par une loi. Charles **X** qui, suivant les paroles que rapporte
M. le duc d'Orléans , voulait que tous les princes de sa maison le regardas-
sent comme un père, résolut de satisfaire encore ce désir. Il fallut user d'autorité avec une chambre royaliste qui avait hérité des défiances de Louis XVIII
contre la famille d'Orléans. La majorité, qui appartenait à la droite, voulait
repousser l'article. « Charles **X**, » dit un homme du temps, « agit personnel-
» lement sur les députés et leur demanda l'adoption de cet article. » Par sur-
croît de prudence, le roi avait fait intercaler l'article relatif à l'apanage, dans
la loi de sa propre liste civile, de sorte qu'on ne pouvait rejeter l'un sans rejeter l'autre, c'était ce que M. de Labourdonnaie appelait, d'une expression
vive et pittoresque : « Faire la contrebande dans les carrosses du roi. » Les
défiances de la douane royaliste furent vaincues, la contrebande passa.

« La question de la liste civile, dit un historien conservateur (1), n'était
» pas simple. S'il ne s'était agi que de voter des subsides à l'égard du roi et
» de sa famille, un tel vote, dans une chambre composée de tant d'élémens
» royalistes, ne pouvait souffrir de grandes difficultés ; les suffrages devaient
» être enlevés d'enthousiasme. Mais le nouveau roi, toujours si bienveillant
» pour la maison d'Orléans, avait pris l'engagement, avec son cousin, de faire
» sanctionner son apanage par une loi. Toute la fortune de S. A. R. reposait
» sur une simple ordonnance. Louis XVIII lui avait toujours refusé cette hau-
» te indépendance d'une propriété irrévocable. Le duc obtint tout de Char-
» les X. »

---

(1) Capefigue, *Histoire de la Restauration.*

Un historien démocrate (1) confirme en tout point ces détails, et poursuit ainsi : « Le roi fit appeler, aux Tuileries, les députés les plus intraitables, et
» les prévint qu'ils le blesseraient personnellement s'ils rejetaient l'article
» particulier au duc d'Orléans, et qu'il considèrerait, comme une attaque en-
» vers sa famille , toute attaque qui, dans la discussion de la liste civile , se-
» rait dirigée contre les antécédens d'un prince dont la fidélité et le dévoû-
» ment n'étaient plus douteux. »

M. Sarrans poursuit ainsi : « Depuis cette époque, chaque jour fut mar-
» qué par un nouveau bienfait pour la branche cadette. Les biens patrimo-
» niaux de M. le duc d'Orléans avaient été légalement acquis à l'Etat en
» 1793, au moins jusqu'à la concurrence de la somme de 37,740,000 francs,
» payée par l'Etat aux créanciers de son père, à la suite du concordat qu'il
» passa avec eux le 9 janvier 1792, concordat qui motiva le séquestre mis
» sur tous ses biens en 1793. Or ce séquestre fut suivi, en l'an XI, de l'a-
» purement des créances et du paiement de la plupart d'entre elles : ce qui
» substitua l'Etat aux droits des créanciers. Cependant le duc d'Orléans fut,
» à la sollicitation de Charles X et contrairement à la volonté de M. de Vil-
» lèle, admis pour seize millions dans la liquidation de l'indemnité accordée
» aux émigrés par la loi du 17 avril 1825. »

Ainsi, au titre d'altesse royale accordé, aux apanages garantis par une loi,
il faut ajouter encore ces seize millions attribués, indûment peut-être, au duc
d'Orléans par Charles X, dans l'indemnité ! Ce n'est pas tout encore, Charles X accorda le cordon bleu au duc de Chartres, et nomma ce jeune prince
colonel du régiment de hussards dont son père portait le nom. Il accorda de
même le cordon bleu au duc de Nemours dès qu'il fut en âge de recevoir
cette faveur insigne. «Enfin,» poursuit l'historien conservateur que nous avons
déjà cité, « l'immense fortune du duc de Bourbon était l'objet des désirs du
» duc d'Orléans. Le duc de Bourbon la destinait au duc de Bordeaux et à sa
» sœur. Charles X consentit à ce qu'elle fût léguée à un des fils du duc
» d'Orléans. La dauphine et MADAME contribuèrent à déterminer le duc de
» Bourbon ; et quand cette affaire, si importante pour Louis-Philippe, fut
» terminée, la duchesse de Berry, qui affectionnait beaucoup son oncle et sa
» tante, s'écria pleine de joie : *Ah ! tant mieux !* ces d'Orléans sont de si
» *bonnes gens* (2). »

Il est vrai que, dans cette affaire, M. le duc d'Orléans avait eu une alliée
puissante dans madame de Feuchères, qui cherchait un patron assez influent
pour la faire recevoir à la cour d'où elle avait été chassée par le roi Louis XVIII,

---

(1) M. Sarrans, *Louis-Philippe et la Contre-Révolution.*
(2) M. Capefigue, *Histoire de la Restauration.*

et pour lui assurer la jouissance des legs énormes qu'elle obtenait de la faiblesse d'un vieillard, « Laisser l'héritage des Condés, « dit M. Louis Blanc (1),
« à une famille qu'avaient eue à leur tête les ennemis de la noblesse et de la
» monarchie, paraissait à l'ancien chef de l'émigration armée une forfaiture
» et presqu'une impiété. Il ne pouvait avoir oublié que, transportant sa cour
» dans une assemblée de régicides, un d'Orléans avait voté la mort de
» Louis XVI, et qu'un autre d'Orléans avait combattu sous les drapeaux de
» Dumouriez. Mais, d'une part, comment refuser sans insulte ce qu'on lui
» supposait si bien le désir de donner ? Et, de l'autre, comment affronter les
» emportemens de madame de Feuchères, par l'entremise de laquelle lui arri-
» vaient des remercîmens anticipés ? »

Dès 1827, la partie était liée entre la baronne de Feuchères et la famille d'Orléans ; car madame la duchesse d'Orléans, après avoir consulté son mari, dont
on l· connaît le style dans la lettre qui va suivre, répondait en ces termes aux
offres de services que lui avait faites la baronne : « Je suis bien sensible, Ma-
» dame, à ce que vous me dites de votre sollicitude d'amener ce résultat que
» vous envisagez comme devant remplir les vœux de M. le duc de Bourbon, et
» croyez que si j'ai le bonheur que mon fils devienne son fils adoptif, vous
» trouverez en nous, dans tous les temps et dans toutes les circonstances, pour
» vous et pour tous les vôtres, cet appui que vous voulez bien me deman-
» der, et dont la reconnaissance d'une mère vous est un sûr garant (2). »

Cette campagne de la succession fut vigoureusement poussée et elle occupa
une grande partie des journées de M. le duc d'Orléans pendant les dernières
années de la restauration. Le malheureux vieillard de Saint-Leu se débattait
contre les impérieuses sollicitations de madame de Feuchères, et plus d'une
fois des scènes violentes, préludes d'une scène plus sinistre, troublèrent l'intérieur du dernier des Condés. « — Ma mort est la seule chose qu'elle ait en
vue, » s'écriait-il dans un accès de désespoir. « Un autre jour, » continue
M. Louis Blanc, « il s'oublia au point de dire à M. de Surval : Une fois qu'ils
» auront obtenu ce qu'ils désirent, mes jours peuvent courir des risques.
» Dans la soirée du 29 août 1829, le duc de Bourbon se trouvait à Paris
» dans la salle de billard du palais, lorsque, du salon, qu'un simple couloir
» séparait de cette salle, M. de Surval entendit de grands éclats de voix. On
» l'appelle, il accourt et trouve le prince dans un état de colère effrayant. La
» douleur crispait son visage et il avait l'œil tout en feu. *C'est une chose
» épouvantable*, s'écria le vieillard en s'adressant à la baronne de Feuchères,

---

(1) *Histoire de Dix Ans.*
(2) Lettre citée par M. Louis Blanc, dans son *Histoire de Dix Ans.*

» que de me mettre ainsi le couteau sur la gorge pour me faire faire un acte
» pour lequel vous connaissez ma répugnanee. Et, saisissant la main de ma-
» dame de Feuchères, il ajouta en accompagnant ses paroles d'un geste ex-
» pressif : « Eh bien ! enfoncez-le donc tout de suite ce couteau, enfoncez-
» le (1) ! »

C'était le dernier feu d'une résistance qui brillait au moment de s'éteindre.
Depuis long-temps M. le duc d'Orléans avait chargé M. Dupin de préparer, en
faveur du duc d'Aumale, un projet de testament, et cet avocat lui écrivait, en
lui envoyant ce projet : « J'ai cherché à assurer pleinement les nobles volontés
» de M. le duc de Bourbon, pour qu'elles ne fussent en aucun cas illusoires
» ni susceptibles d'être attaquées par des tiers toujours disposés en pareil cas
» à faire des procès ; j'ai joint à la disposition relative à l'adoption, celle
» d'une institution formelle d'héritier, que j'ai jugée indispensable à la soli-
» dité de l'acte entier (2). » Tout était donc prêt, et le lendemain de la scène
ci-dessus rappelée, c'est à dire le 29 août 1829, le duc de Bourbon rédigeait
et signait hors de la présence de madame de Feuchères, un testament par
lequel il créait le duc d'Aumale son légataire universel, et assurait à la baronne, soit en terres, soit en argent, un legs d'environ dix millions. Du
reste, M. le duc d'Orléans ne se montra point ingrat envers madame de
Feuchères. Il entretenait avec elle une correspondance assidue et amicale,
comme on peut en juger par le billet suivant, écrit à Randan, à la date du
27 octobre 1829 : « Notre petit d'Aumale a été un peu souffrant, sans qu'il
» y ait jamais eu lieu à avoir aucune inquiétude. On peut le regarder comme
» entièrement remis de son indisposition passagère, et, à son retour, il sera
» en état d'aller voir son bon parrain, quand il voudra bien le lui permettre.
» Recevez, Madame, l'assurance bien sincère de tous les sentimens que vous
» me connaissez pour vous et sur lesquels j'espère que vous comptez à jamais.
» Madame la duchesse d'Orléans et ma sœur me chargent de tous leurs
» complimens pour vous (3). »

Si M. le duc d'Orléans se reconnaissait, dans cette circonstance, l'obligé
de madame de Feuchères, il devait beaucoup aussi à la branche aînée. D'a-
bord, ce ne fut que sur le refus positif de MADAME, duchesse de Berry,
d'accepter les offres de madame de Feuchères, que celle-ci s'adressa à M. le
duc d'Orléans. « Madame la duchesse de Berry, » disent MM. Sarrut et
Saint-Edme dans la remarquable biographie qu'ils ont consacrée à cette princesse, « ne fut pas moins utile à son oncle, dans une certaine circonstance,

_____

(1) Cité par M. Louis Blanc.
(2) *Biographie des Hommes du jour*, par MM. Saint-Edme et Sarrut.
(3) Cité par M. Louis Blanc;

» par ses refus, qu'elle l'avait été, dans tant d'autres circonstances, par ses
» demandes. Un jour, une des personnes de la maison du duc de Bourbon
» se présenta chez un des grands officiers de madame la duchesse de Berry,
» et, après bien des précautions, fit tomber la conversation sur madame de
» Feuchères. *On l'a mal jugée*, dit cette personne, *on a été bien rigoureux*
» *à son égard. Cette esclandre lui a fait un chagrin mortel. S'il y avait*
» *moyen d'effacer ce souvenir, de faire admettre de nouveau la baronne*
» *de Feuchères à la cour, et que* MADAME *daignât y employer son influence,*
» *je crois pouvoir dire qu'elle ferait à la fois preuve de bonté et d'habi-*
» *leté. M. le duc de Bourbon est dans un âge avancé. L'influence de ma-*
» *dame de Feuchères sur lui est plus grande que jamais, et la maison de*
» *Condé est riche, vous le savez. Pour M. le duc de Bordeaux, son héri-*
» *tage est tout trouvé, c'est la couronne de France ; mais il n'en est pas*
» *ainsi de Mademoiselle.* Il fut répondu que, d'abord, on n'avait pas la
» moindre disposition à se charger de cette négociation, et qu'ensuite on ne
» doutait pas que quiconque s'en chargerait serait fort mal reçu. Madame
» la duchesse de Berry, à qui cette conversation fut racontée, le soir même,
» approuva fort la réponse, et ajouta qu'elle ne voulait pas entendre parler
» de pareilles affaires. A son défaut, l'émissaire de la baronne de Feuchères
» s'adressa au duc d'Orléans, qui reçut ces ouvertures avec empressement,
» et commença cette belle campagne de la succession, qui se termina par la
» rentrée de madame de Feuchères à la cour, et par la conquête du pré-
» cieux testament qui a fait passer tous les biens de la maison de Condé sur
» la tête du duc d'Aumale (1). »

En outre, S. A. R. ne pouvait oublier que tout le succès de la négociation
dépendait de la rentrée de madame de Feuchères à la cour, et que Charles X,
plein du désir d'assurer à son bien-aimé cousin l'opulente succession des
Condés, était allé jusqu'à faire une certaine violence aux personnes de sa famille qui avaient peu de dispositions à recevoir cette femme hardie. Ainsi la
branche aînée, qui avait rendu à M. le duc d'Orléans son titre ; qui lui avait
ouvert les cours de l'Europe en lui rendant ses bonnes grâces dans l'exil ;
qui avait favorisé son mariage avec la princesse Amélie de Naples ; qui, depuis la restauration, lui avait rendu ses biens immenses par ordonnance, en
oubliant complaisamment qu'ils appartenaient à l'Etat ; qui avait payé les
dettes de son père ; qui avait confirmé ce bienfait en lui donnant le caractère de l'irrévocabilité par un article intercalé dans la loi de la liste civile,
pour qu'il ne fût pas rejeté par la chambre royaliste de 1825 ; qui avait
ajouté à cette première munificence, plus bienveillante que légale, celle des

(1) Cité par M. Louis Blanc.

2

seize millions d'indemnité ; qui lui avait donné, pour lui et pour les siens, le titre d'altesse royale si ardemment souhaité ; la branche aînée enfin qui avait fait tant de choses pour M. le duc d'Orléans, contribuait encore puissamment à faire passer sur la tête d'un de ses fils la riche succession des Condés. Nous omettons encore des faveurs de toute espèce : M. de Nemours tenu sur les fonts par madame la dauphine ; le cordon bleu donné à ce jeune prince, comme il avait été donné au duc de Chartres, son aîné, mis à la tête d'un régiment ; la sollicitude pleine de délicatesse avec laquelle le roi Charles X avait insisté auprès de M. de Lamartine, lors du sacre, pour qu'il remplaçât ce vers qui désobligeait vivement le duc d'Orléans :

Le fils a racheté les *crimes* de son père,

par cet autre vers :

Le fils a racheté les *armes* de son père.

Que dirons-nous de plus ? Est-il besoin de rappeler l'empressement avec lequel le roi fit arrêter les *Mémoires de Maria Stella*, libelle dirigé contre la légitimité de la filiation de M. le duc d'Orléans ; la tendresse que la duchesse de Berry portait à son oncle, et les projets d'un mariage entre M. le duc de Chartres et MADEMOISELLE, projets chers au cœur de MADAME, et qui comblaient les vœux de la famille d'Orléans !

On peut dire qu'en 1829 M. le duc d'Orléans était l'homme le plus heureux et le prince le plus riche de toute l'Europe. C'est ce que répondait Charles X à quelques ennemis de son altesse royale qui l'accusaient de conspirer : « Conspirer ! disait le roi en souriant, il est trop heureux pour cela ! » Voilà cependant le tableau que trace un écrivain de la gauche, des actes de son altesse royale pendant la Restauration. « Le duc d'Orléans, dit M. Sarrans (1),
» groupait autour de lui, non seulement les patriotes de 1789 et les servi-
» teurs de l'empire, mais encore tous les hommes de quelque notabilité qui
» tombaient dans la disgrâce de la restauration (2); il exhumait les souvenirs
» historiques et décorait ses salons des couleurs d'Austerlitz et de Marengo ;
» demandait aux pinceaux de Vernet les grandes scènes de la révolution, re-
» cueillait dans son cabinet les mécontents de toutes les époques, parlait sans
» cesse des évènemens auxquels son nom se mêlait, et souscrivait pour les
» enfans du général Foy. Dans les épanchemens intimes avec les chefs de
» l'opposition, qu'il recevait encore plus en secret qu'en public, il attaquait

---

(1) *Louis-Philippe et la Contre-Révolution.*
(2) Comme M. Casimir Delavigne.

» sévèrement la marche du gouvernement établi. Alors, on déplorait en com-
» mun les tentatives de la cour contre la liberté humaine et le principe de la
» révolution de 1789, on touchait du doigt les projets sinistres de la contre-
» révolution. »

Voilà donc, d'après les révélations d'un écrivain de la gauche, quelle était
la conduite de M. le duc d'Orléans avec la gauche ! Mais ce qu'on savait et
même ce qu'on soupçonnait à cet égard, à la cour, ne pouvait ébranler la
confiance qu'avait le roi Charles X dans M. le duc d'Orléans, à la reconnaissance duquel il avait voulu se donner tant de titres. En outre, la conduite de
monseigneur à la cour, indiquait bien qu'on n'avait pas obligé un ingrat ;
c'est à un historien conservateur, à M. Capefigue, que nous emprunterons le
tableau de cette conduite. « Quand M. le duc d'Orléans allait à la cour, dit
» cet écrivain (1), ce n'était qu'expressions de dévoûment. Monseigneur,
» profondément pénétré des prévenances de la branche aînée, s'efforçait de
» témoigner, par des démonstrations vives et multipliées, ses sentimens pour
» le roi. Lorsque M. le duc d'Orléans venait à la cour, c'était une politesse
» profonde envers le dernier officier, le dernier des gardes ; c'était une pro-
» fusion de gestes expressifs et de témoignages de sensibilité. Il fallait voir
» son altesse royale au banquet royal, il portait sa main sur son cœur à cha-
» que toast au roi, à MADAME, au duc d'Angoulême : lui-même, plusieurs
» fois dans le dîner, s'écriait : *Vive le roi !* comme mu par un sentiment
» puissant et qui ne pouvait pas attendre le moment de l'étiquette. »

Au milieu de cette étroite union cimentée par les bontés de la branche
aînée et par la reconnaissance pleine d'effusion de M. le duc d'Orléans, la
révolution intervient. Le roi était plein de confiance dans M. le duc d'Orléans.
Le 31 juillet 1830, il répondit à M. de Conny qui demandait comment il se
faisait que, dans les circonstances terribles où se trouvait la monarchie, le
duc d'Orléans ne fût pas accouru à Saint-Cloud: « Je le crois encore à Saint-
» Leu ; mais mon cousin n'accèderait pas aux propositions qui lui seraient
» faites. Le souvenir de son père est présent à sa pensée, son fils nous est
» attaché (2). » Cette conviction était si profondément entrée dans le cœur
de Charles X, qu'un officier, qui avait été chargé par le duc de Luxembourg
d'éclairer la route de Neuilly, ayant dit, à son retour, qu'il avait remarqué un
mouvement inaccoutumé dans le parc et aux environs du château, et que, s'il
y avait été autorisé, il lui eût été facile d'enlever le duc d'Orléans, Charles X, en-
tendant ces derniers mots, dit à l'officier d'un ton sévère : « Si vous eussiez fait

---

(1) *Histoire de la Restauration*, par M. Capefigue.
(2) *De l'Avenir de la France*, par M. de Conny.

» cela, Monsieur, je vous aurais hautement désavoué (1). » Le roi se confiait à
tant de liens qui devaient rattacher la cause du duc d'Orléans à la sienne ! Il se
souvenait de ses protestations réitérées qu'il renouvelait en toute occasion.
N'était-ce pas lui qui, récemment encore, à Dieppe, répondait à MADAME qui
voulait le faire monter sur son estrade : « Non, cela ressemble trop à un trône (2).
N'est-ce pas lui encore qui, le 16 juillet 1823, adressait ces paroles remarquables à madame de Gontaut : « Je suis sûr que vous ne croyez pas à mon in-
» térêt pour cet enfant : vous avez tort ; j'ai pour lui la plus vive affection, et
» je lui en donnerai, dans l'occasion, toutes les preuves imaginables. »

Telles furent les raisons qui déterminèrent Charles X à abdiquer. « Charles
» X, dit M. Louis Blanc, ne pensait pas que sa chute pût entraîner celle de
» son petit-fils, surtout dans une crise que le premier prince du sang était en
» mesure de dominer. Sa confiance à cet égard était si grande, qu'il manda
» auprès de lui le général Latour-Foissac et lui donna, en présence du baron
» de Damas, diverses instructions relatives à la rentrée du duc de Bordeaux
» dans Paris. Le dauphin aurait cru calomnier le sang de Louis XIV en prê-
» tant à un prince du même sang l'intention d'usurper la couronne. Ces senti-
» mens étaient ceux de madame la dauphine. »

Les premiers actes de M. le duc d'Orléans ne démentirent pas ces espérances. Quand M. de Mortemart, chargé des pouvoirs de Charles X, fut introduit chez le duc d'Orléans, voilà, selon le récit de M. Mazas, secrétaire du
duc de Mortemart (3), comment s'exprima Son Altesse Royale : « Duc de
» Mortemart, si vous voyez le roi avant moi, dites-lui qu'ils m'ont amené de
» force à Paris, mais que je me ferai mettre en pièces plutôt que de me lais-
» ser poser la couronne sur la tête. » C'était dans la nuit du 30 au 31 juillet
que le duc d'Orléans s'exprimait ainsi. Le 2 août, dans la soirée, l'acte d'abdication de Charles X et de Louis-Antoine fut remis au duc d'Orléans, et le
lendemain il envoyait des commissaires afin d'accompagner Charles X. « Le
» duc d'Orléans, raconte M. Louis Blanc, leur dit, que c'était Charles X lui-
» même qui réclamait une sauve garde, et leur donnant des instructions, il
» témoigna, pour la branche aînée, des sentimens pleins de bienveillance. M.
» de Schonen lui ayant demandé ce qu'ils auraient à faire si on leur remet-
» tait le duc de Bordeaux : « Le duc de Bordeaux, s'écria vivement le prince,
» mais c'est votre roi ! » La duchesse d'Orléans était présente. Profondément

---

(1) Histoire de Dix ans, par Louis Blanc.

(2) Nous aimons mieux l'énergique réponse de M. le duc d'Orléans au club des
Dragons, alors qu'il était partisan de l'égalité : « J'aimerais mieux manger ce
fauteuil que de m'y asseoir. »

(3) Mémoires pour servir à l'histoire de la Révolution de 1830, par M. Mazas.

» attendrie, elle s'avança vers son époux et se jeta dans ses bras, en disant :
» Ah ! vous êtes le plus honnête homme du royaume (1) ! »

Bien peu de temps après, le lendemain même, c'est à dire le 3 août, des considérations que nous ne trouvons nulle part expliquées avaient changé toutes ces dispositions. Les commissaires étaient revenus sans avoir été reçus par Charles X, Louis-Philippe voulu qu'ils retournassent à Rambouillet à l'instant même. « Il faut qu'il parte, il faut l'effrayer, » dit-il avec véhémence. C'est alors que l'expédition de Rambouillet fut résolue et que les mots décisifs : *Pas d'enfant, pas de régence!* furent prononcés. Le soir, les commissaires se trouvaient au château de Maintenon avec la famille royale ; madame de Gontaut ayant dit à M. de Schonen, avec un sourire triste : « J'ai bien envie de laisser
» cet enfant sur vos genoux, » et elle lui montrait le duc de Bordeaux : « Je
» ne le prendrais pas, Madame ! » répondit M. de Schonen. Ici l'historien
» des *Dix années de règne* s'écrie : Quel mystère cachait donc cette réponse ?
» et que s'était-il passé depuis que le duc d'Orléans avait dit à ce même M.
» de Schonen : *Cet enfant est votre roi !*

Ce qui s'était passé, le voici. Quand le duc d'Orléans jurait de n'accepter jamais la couronne, il songeait qu'il y avait encore une armée royale de 12,000 hommes et que la route n'était pas longue de Saint-Cloud à Paris. La voix de la prudence parlait plus haut à son oreille que celle de l'ambition. A mesure que le danger s'éloigna et qu'il devint évident que Charles X ne voulait rien tenter, l'ambition l'emporta sur la prudence. Le trône que Danton avait prophétisé à M. le duc d'Orléans, bien des années auparavant (2), passait devant lui, il s'y assit.

Avant de s'y asseoir, il fallait aller chercher l'investiture de la lieutenance-générale à l'Hôtel-de-Ville : car il y avait alors deux puissances, une puissance d'opinion, le Palais-Bourbon, une puissance matérielle et armée, celle de l'Hôtel-de-Ville qui était devenu le quartier-général de l'insurrection. Cette promenade du Palais-Royal à l'Hôtel-de-Ville fut le plus grand, ou, pour parler plus exactement, le seul péril que courut le duc d'Orléans. Après avoir été proclamé lieutenant-général par la chambre, il prit le chemin de la Grève, avec les députés qui étaient venus lui apporter la lieutenance-générale, au nom du Parlement. Il précédait à cheval M. Laffitte, que deux Savoyards portaient dans une chaise parce qu'il avait la goutte. Les vivats, qui étaient nombreux au sortir du Palais-Royal, devinrent plus rares à mesure qu'on marcha, et s'éteignirent tout-à-fait à la hauteur du Pont-Neuf. La place de Grève, lorsqu'on y arriva, présentait, avec sa multitude en armes,

---

(1) *Histoire de Dix Ans.*
(2) Voir les *Girondins* de M. de Lamartine.

ùn aspect effrayant. On assurait que, dans les rues obscures qui débouchent sur la place, des hommes étaient apostés pour faire feu sur le duc d'Orléans. Un jeune homme avait juré de lui brûler la cervelle au moment où il entrerait dans la grande salle. Quand il prit son pistolet, il ne put s'en servir, une oreille inaperçue avait entendu le serment, une invisible main avait déchargé l'arme (1). Le duc d'Orléans s'avança lentement à travers les barricades. Le tambour, qui avait battu aux champs dans l'intérieur de l'Hôtel-de-Ville, lors de son apparition sur la place, s'arrêta tout-à-coup quand il fut arrivé au milieu, comme si le silence populaire qui régnait parmi les assistans avait dévoré cet hommage rendu au prince. On remarqua que lorsque le duc d'Orléans monta les dégrés de l'Hôtel-de-Ville, sa figure était extrêmement pâle. M. de Lafayette le reçut sur le palier. M. Laffitte, comme président de la chambre, devait lire sa déclaration : M. Viennet s'empara du papier sous prétexte que sa voix, plus sonore, serait mieux entendue. Au moment où ce député lisait ces mots : « Le jury pour les délits de presse, » le duc d'Orléans se pencha vers M. de Lafayette, et lui dit avec bonhomie : « Il n'y aura plus de délits de presse (2). » Après cette lecture, le duc d'Orléans mit la main sur son cœur et prononça ces paroles : « Comme Français, je déplore le mal fait au pays et le sang qui a été versé. Comme prince, je suis heureux de contribuer au bonheur de la nation. » Les députés seuls applaudirent. Le général Dubourg, élevant la voix au milieu du silence menaçant des combattans de l'Hôtel-de-Ville, s'écria en s'avançant, le front pâle de colère et la main étendue vers la place remplie d'hommes armés, comme s'il voulait déchirer le voile qui cachait l'avenir : « Vous connaissez nos droits, si vous les oubliez, nous vous les rappellerons. » Cette parole, qui fut regardée pendant dix-sept ans passés, comme l'hallucination d'un cerveau malade, est devenue, depuis les journées de février 1848, une prophétie. Le duc d'Orléans répondit en homme indigné de voir soupçonner son patriotisme. Bientôt après on apporta un drapeau tricolore, Lafayette et Louis-Philippe s'embrassèrent devant la foule qui remplissait la place. M. de Lafayette venait d'abdiquer la présidence, Louis-Philippe de ramasser la couronne dans cet embrassement.

Ce ne fut que plus tard que M. de Lafayette porta à M. le duc d'Orléans, au Palais-Royal, un programme rédigé par lui et deux hommes du parti populaire, et qui énonçait les garanties, conditions du contrat que l'Hôtel-de-

---

(1) Fait relaté par M. Louis Blanc. Nous avons surtout consulté cet auteur pour la visite à l'Hôtel-de-Ville. Il a été renseigné par M. Laffitte.

(2) S'il n'y a plus eu de délits de presse, il y a toujours eu des procès de presse. La presse a subi, de 1830 à 1848, dans la personne de ses gérans, plusieurs siècles de prison et payé plusieurs millions d'amende.

Ville consentait à signer avec le Palais-Royal. Le vieux général fut circonvenu par les paroles caressantes du duc d'Orléans, qui alla au devant de toutes les susceptibilités de son libéralisme, et quand le prince lui eut déclaré « qu'il était au fond républicain dans son cœur, et qu'à son avis il fallait en France un trône entouré d'institutions républicaines. » M. de Lafayette ne songea pas même à lui présenter le programme de l'Hôtel-de-Ville, qui devait jouer un si grand rôle dans la polémique des journaux. Dans la soirée même du jour où le duc d'Orléans avait fait sa promenade à l'Hôtel-de-Ville, il reçut des visiteurs plus exigeans : c'étaient MM. Boinvilliers, Godefroi Cavaignac, Guinard, Bastide, Thomas et Chevallon. Dans cette entrevue, à laquelle les derniers évènemens de février ont prêté un intérêt tout particulier, car les interlocuteurs du dialogue de juillet 1830 ont été parmi les acteurs de février 1848, des paroles remarquables furent dites. Ainsi, M. Boinvilliers dit au prince : « Ce n'est pas une révolution libérale que celle qui s'est faite dans Paris, prenez-y garde, c'est une révolution nationale. La vue du drapeau tricolore, voilà ce qui a soulevé le peuple, et il serait plus facile de pousser Paris vers le Rhin que sur Saint-Cloud. » Quelques instans après, M. Boinvilliers ajouta : « La pairie n'a pas de racines dans la société; le Code, en morcelant les héritages, a étouffé l'aristocratie dans son germe. » Le duc d'Orléans s'étant élevé avec beaucoup de fermeté contre la république : Monseigneur, lui dit M. Bastide, avec une douceur presqu'ironique, dans l'intérêt même de la couronne, vous devriez rassembler les assemblées primaires. » A la fin de cet entretien, qui avait duré long-temps, M. Bastide s'écriait : « *Ce n'est qu'un deux cent vingt et un.* » La révolution de février 1848 était dans ce mot-là.

Bien peu de jours après, Charles X et sa famille étaient sortis de France, après avoir suivi le triste itinéraire de Cherbourg; mais, avant d'en être sortis, ils apprenaient que M. le duc d'Orléans, qui avait juré qu'il n'accepterait jamais la couronne, avait été proclamé roi des Français. En moins de sept heures, 219 députés qui, dans les temps ordinaires, n'auraient formé qu'une majorité de deux voix, avaient prononcé la déchéance d'une dynastie, modifié la constitution, élu une dynastie nouvelle, le tout sous l'empire d'une charte qu'ils refaisaient à leur gré, sous le règne d'un homme auquel ils avaient juré d'être fidèles, au nom de la souveraineté du peuple qui n'avait pas été consulté, comme le rappelait M. de Cormenin dans sa lettre de démission. En vain M. de Cormenin protesta au nom des droits du peuple; en vain M. de Châteaubriand protesta en faveur du droit de Henri V, et il fit remarquer que « si l'on respectait le principe de légitimité, si nécessaire à l'existence des monarchies, M. le duc d'Orléans, plus fort comme tuteur que comme roi, conduirait plus facilement les affaires et épargnerait à la France de périlleux ébranlemens. » En vain M. le comte de Kergorlay, avec son indépendance bretonne, s'écria que si la France avait eu le choix, nul doute qu'elle n'eût préféré le fils de l'infortuné duc de Berry au fils de Philippe-Égalité. En vain M. le vicomte de Conny annonça que la révolution qu'on venait de faire était grosse de nouvelles révolutions. La chambre des députés déclara « le trône vacant en fait et en droit, et déclara S. A. R. Louis-Philippe appelé au trône par le vœu de la nation. » Le 9 août 1830, s'ouvrit, au Palais-Bourbon, la séance solennelle dans laquelle la nouvelle royauté devait être installée. Le Palais-Bourbon, théâtre banal de tant de scènes, vit s'élever un trône ombragé de drapeaux tricolores et surmonté d'un dais en velours cramoisi. Devant le trône, trois pliants étaient disposés pour le lieutenant-général et ses deux fils aînés (1). Une table recouverte de velours, où se trouvaient l'écritoire et la plume qui devait servir à la signature du contrat, séparait le trône destiné au roi du pliant destiné au prince. Le duc d'Orléans fit son entrée au son de la *Marseillaise* et au bruit du canon des Invalides (2). Après avoir écouté la lecture de la déclaration des députés du 7 août, qui l'appelait au trône et de l'acte d'adhésion de la chambre des pairs, le duc d'Orléans lut son acceptation en ces termes : « Messieurs les pairs et Messieurs les députés, j'ai lu avec une grande attention la déclaration de la chambre des députés et l'acte d'adhésion de la chambre des pairs. J'en ai médité les expressions. J'accepte sans restriction ni réserve les clauses et engagemens que contient cette déclaration, et le titre de roi des Français qu'elle me confère, et je suis prêt à en jurer l'observation. » Le duc d'Orléans se leva alors, ôta son gant et prononça le serment dont la formule lui fut présentée par M. Dupont (de l'Eure) (3).

« En présence de Dieu, je jure d'observer fidèlement la Charte constitutionnelle, avec les modifications exprimées dans la déclaration ; ne gouverner que par les lois et selon les lois ; de faire rendre bonne et exacte justice à chacun selon son droit, et d'agir en toute chose dans la seule vue de l'intérêt, du bonheur et de la gloire du peuple français. » Un bruyant vivat s'éleva : Louis-Philippe était roi. Les longues espérances de la famille d'Orléans étaient enfin réalisées. Son représentant allait s'asseoir sur ce trône vers lequel Égalité son père s'était avancé à travers le régicide.

---

(1) Le duc d'Orléans et le duc de Nemours, qui devait quitter le Palais-Bourbon, dix-huit ans plus tard, dans un tout autre appareil.

(2) C'était encore au chant de la *Marseillaise* et au bruit du canon qu'il devait sortir.

(3) Un des membres du gouvernement provisoire de février 1848. Ainsi, celui qui présenta la formule du serment fut un de ceux qui punirent le duc d'Orléans de ne pas l'avoir tenu.

Ici s'ouvre la dernière partie de la vie de Louis-Philippe, son règne. Son attente a été remplie, il est roi. Pendant qu'au milieu de l'enthousiasme de la garde nationale, il monte sur le trône, que les adresses des départemens arrivent de tout côté, qu'il partage avec Lafayette la faveur de la foule, que sa femme, sa sœur, ses fils sont reçus avec acclamation, Charles X s'embarque pour son exil avec la fille de Louis XVI, la duchesse de Berry et le duc de Bordeaux, alors âgé de dix ans. Le changement de ministère, l'abdication du roi et du dauphin, ont été repoussées. Le duc d'Orléans s'est écrié : « Pas de régence, pas d'enfant ! » Ces mots se retrouveront plus tard.

Au moment où le règne de Louis-Philippe s'ouvre, une affaire ténébreuse dont les mystères n'ont point encore été sondés, venait projeter son ombre sur son avènement. Nous voulons parler de la mort violente du duc de Bourbon. Nous avons redit la conspiration tramée par le duc d'Orléans et la baronne de Feuchères contre l'héritage de la maison de Condé, et les obsessions dont le malheureux duc de Bourbon avait été l'objet, par suite de la répugnance qu'il éprouvait à laisser ses biens à une famille pour laquelle il n'avait aucune sympathie. Les prévisions du duc de Bourbon, à cette époque, étaient douloureuses, sinistres même. Il disait au baron de Surval, qui le répéta depuis en plein tribunal (1) : « Une fois qu'ils auront obtenu ce qu'ils désirent, mes jours peuvent courir des risques. » M. de Surval ajoutait : « Le prince me manifesta ces craintes, non une fois, mais plusieurs fois. » Les prévisions du malheureux duc de Bourbon ne l'avaient point trompé. Le 28 août 1830, au matin, on trouvait son cadavre, suspendu par le col à l'espagnolette de Saint-Leu.

Sans doute un arrêt judiciaire a reconnu l'existence du suicide ; mais cet arrêt a été porté sous le règne de Louis-Philippe, et l'évidence est plus forte que tous les arrêts. Le suicide du duc de Bourbon était moralement impossible ; car il avait, en vingt occasions, et tout récemment encore, exprimé son horreur profonde pour le suicide. Dans toutes les circonstances, lorsqu'on parlait devant le prince d'un suicide, il l'envisageait hautement « comme une lâcheté », dit un témoin (2). « Le prince, dit un autre témoin, a toujours manifesté l'opinion que le suicide était une lâcheté. *Notre vie*, disait-il, *ne nous appartient pas ; nous ne pouvons la quitter sans l'ordre de celui qui nous l'a donnée* (3) » Un autre témoin disait encore : « Le prince avait horreur du suicide. On parlait un jour devant lui d'un gé-

---

(1) Déposition de M. de Surval dans le procès soulevé par M. le duc de Rohan.

(2) Déposition de Sallée, valet de pied.

(3) Déposition de M. Bonnie, chirurgien du prince.

néral qui s'était brûlé la cervelle, et l'on exaltait son courage. — Du courage, dit-il, il n'y a que de la lâcheté ! Notre vie ne nous appartient pas, nous ne pouvons pas en disposer, et, dans quelque circonstance que nous nous trouvions, il est de notre devoir de supporter l'adversité avec courage (1) » Dix témoins, dont nous ne citons pas les paroles, pour abréger, déposent dans ce sens. Tous viennent attester que le duc de Bourbon avait une horreur profonde pour le suicide ; qu'en toute occasion il l'avait flétri, et ils établissent ainsi d'une manière irréfragable l'impossibilité morale du suicide de Henri, duc de Bourbon, prince de Condé. N'y eût-il que cet ordre de preuves, on pourrait certifier que cet héritier d'une race de gloire n'est pas mort comme un malfaiteur, suspendu à un ignoble licou. Mais, à côté de l'impossibilité morale, apparaît l'impossibilité physique. Le duc de Bourbon était incapable, à cause de ses infirmités, de monter sur la chaise rembourrée, de treize pouces de haut, sur laquelle il lui fallait se tenir debout pour s'accrocher à l'espagnolette. Manoury, son valet de chambre, le comte et la comtesse de la Villegontier, l'attestent : « Quand il montait en voiture, il fallait le soutenir sous les bras. » En outre, « quand il montait un escalier, il fallait qu'il s'appuyât sur une canne d'une main, sur la rampe de l'autre, et il posait les pieds l'un après l'autre sur chaque marche (2). » Ce n'est pas tout encore. Le duc de Bourbon était dans l'impossibilité physique de faire le nœud qui serrait le mouchoir autour de son cou torturé. « Depuis une chute à la chasse, par suite de laquelle il avait eu la clavicule gauche cassée, dit le comte de Quesnay, il ne pouvait élever la main gauche au dessus de la tête. En 1793, il reçut à la main droite un coup de sabre qui lui coupa les tendons de trois doigts. Il éprouvait beaucoup de gêne de cette main. Ainsi il lui aurait été impossible de faire les nœuds (3). » Voilà mot pour mot la déposition du comte de Quesnay. Le baron de Saint-Jacques ajoute : « Il ne pouvait pas lever les deux mains ensemble, et il ne pouvait pas même ôter son chapeau de la main gauche. » Picq, garçon des petits appartemens au Palais-Bourbon, poursuit : « Il y a environ trois ans, Monseigneur se promenait dans le petit jardin contigu aux petits appartemens, et le cordon de son caleçon s'étant détaché, il essaya vainement de le renouer, il m'appela pour lui rendre ce service. Une autre fois, dans le jardin, il se consumait en efforts inutiles pour nouer les cordons d'un de ses souliers ; il m'appela et dit : C'est que je suis maladroit. » Romanzo, piqueur, dépose ainsi qu'il suit : « C'est moi qui

_____

(1) Déposition de François, valet de pied.
(2) Dépositions de Manoury, du comte et de la comtesse de la Villegontier.
(3) Les nœuds de l'espagnolette.

ai défait les deux mouchoirs, et je puis certifier que le mouchoir qui était attaché à l'agrafe de l'espagnolette était noué par un nœud qu'il est très difficile de faire. » Manoury : « Je suis moralement convaincu que le prince était incapable de faire un nœud de tisserand. » Dupin : « J'affirme en mon âme et conscience que le prince était incapable de faire des nœuds pareils. »

Impossibilité morale, impossibilité physique, n'est-ce point encore assez. Il est également démontré qu'en se couchant il n'avait pas l'intention d'attenter à sa vie. « Il était très gai au dîner de la veille, » dit Payel, un des valets de pied qui servait à table. Sallée (François), autre valet de pied, confirmait cette déposition : « Au jeu, il fut calme et attentif, et gronda son partner qui avait fait une impasse au whist. » Madame de la Villegontier et M. de Préjan en déposent. Lecomte, son valet de chambre de service, le laissa très calme à minuit. Le lendemain, on trouva un nœud au mouchoir qui était sous son oreiller. Or, il avait l'habitude de faire un nœud à son mouchoir quand il voulait se rappeler quelque chose. (Déposition de Bonnie, chirurgien du prince, et de Manoury, son valet de chambre.) Enfin il avait confié à M. de Choulot qu'il voulait quitter la France et qu'il comptait sur lui pour l'accompagner; or, il avait mandé M. de Choulot à Saint-Leu pour le matin même du jour où on le trouva mort.

De toutes ces preuves réunies, ne résulte-t-il pas la démonstration évidente que Louis-Joseph de Bourbon est mort assassiné? Ce fut le cri du peuple, quand il apprit la sinistre nouvelle de cette mort étrange, et la voix du peuple fut vraiment la voix de Dieu, car l'abbé Pelier, aumônier du prince, élevant la voix dans le sanctuaire de Saint-Denis, le jour de ses funérailles, répondait à cette clameur populaire par cette parole solennelle prononcée entre la chaire de vérité et l'autel : « Non, le prince de Condé ne s'est pas donné la mort. »

Mais, alors, comment expliquer le tragique évènement de Saint-Leu? Écoutez M. Dubois (d'Amiens), ce praticien célèbre, dans sa *Réfutation médico-légale du mémoire du docteur Marc, médecin du château.* « Le prince était couché, dit-il, il sommeillait ; des assassins, introduits dans la chambre à coucher (je ne veux pas chercher ici, ni par qui, ni comment), se jettent sur lui, le saisissent, le contiennent facilement dans son lit, et alors, de deux choses l'une : ou le meurtrier le plus expert et le plus déterminé l'étrangle sur-le-champ, couché sur le dos et retenu par les autres scélérats ; puis, pour ne pas donner l'idée d'un suicide, pour ne pas donner lieu à des recherches juridiques qui auraient pu les faire découvrir, ils passent une cravate autour du cou de leur victime et le suspendent à l'espagnolette de la fenêtre. Ou bien, après avoir réveillé le prince d'une manière aussi terrible, ils ont l'idée non moins atroce, de le pendre tout vivant à l'espagnolette. » Le même avis est exprimé par le docteur Gendrin, dans un *Mémoire médico-chirurgical* sur le même sujet.

S'il y a eu assassinat, quel est l'assassin ? Ecoutez la déposition de Bonardel, ancien brigadier des forêts du prince : « Dans le courant du mois de novembre, en 1827, le prince était à la faisanderie qu'il venait de faire construire dans le grand parc de Chantilly ; il plantait en quelque sorte la crémaillère, il donnait un grand repas. J'étais à mon poste, dans la faisanderie même, entre le mur et la charmille, pour voir s'il n'y avait pas de bête de prise dans les assommoirs. Les feuilles n'étaient pas encore tombées, et la charmille étant extrêmement épaisse, il était impossible de me voir. Mme de Feuchères se promenait dans le clos de la faisanderie ; son neveu, M. James Dawes, depuis baron de Flassans, vint l'y retrouver. Après s'être entretenu un instant des faisans, M. James demanda à sa tante si monseigneur ferait bientôt son testament. Madame de Feuchères lui répondit qu'il en avait été question la veille au soir et que cela ne serait pas long. Là dessus, M. James lui dit : Oh ! il vivra long-temps encore. Madame de Feuchères lui répondit alors : Bah ! il ne tient guère ; aussitôt que je le pousse avec mon doigt, il ne tient pas. Il sera bientôt étouffé. » Le juge d'instruction ayant demandé au témoin s'il était bien sûr d'avoir entendu ces propos : « Oui, répondit-il, je l'affirme en mon âme et conscience, comme j'affirmais, lorsque j'étais garde, les procès-verbaux que j'étais obligé de dresser. » Quinze jours seulement avant l'assassinat, voici ce qui se passait : « Douze ou quinze jours avant sa mort, dit M. de Préjan, le prince garda son appartement, à cause, dit-il, d'un coup assez violent qu'il s'était donné à l'œil en dormant, à sa table de nuit. Après la mort du prince, madame de Feuchères chercha à expliquer, comme une tentative de suicide, cet accident à l'œil. Mais Manoury m'a dit qu'étant entré dans la chambre de monseigneur, le prince lui a dit : « Je vous dirai que ce n'est pas contre la table de nuit que je me suis donné ce coup, mais j'ai été poussé dans l'embrasure de la porte, et j'ai failli me faire bien du mal. » Le jour même de l'accident, au lieu de déjeuner avec le prince, madame de Feuchères déjeunait dans son appartement. Elle partit ensuite pour Paris, après avoir glissé une lettre sous la porte de l'escalier dérobé. Le prince fut troublé quand Manoury la lui remit. (Déposition de Manoury.) Madame Cauvet, femme de Gouverneur, sous-piqueur à Chantilly, vient confirmer cette déposition ; elle tient d'Obry, filleul du prince, « qu'il avait été mandé, pour faits relatifs à son service, à Saint-Leu, environ quinze jours avant la mort du prince ; qu'il avait trouvé monseigneur dans le corridor qui précède son appartement, avec un simple caleçon, sans bas ni souliers, et avec l'extérieur d'une agitation très marquée ; que s'étant permis d'en demander la cause à monseigneur, le prince lui confia que madame de Feuchères était une méchante femme, et qu'elle l'avait frappé. « *Voyez*, dit-il, en lui montrant son œil gauche d'où le sang coulait et sa figure sur laquelle des ongles étaient empreints, *voyez dans quel état elle m'a mis.* »

Que nous faut-il de plus? Le duc de Bourbon avait dit en signant sont testament : Ils me tueront. Il meurt en effet assassiné. Madame de Feuchères disait elle-même, trois ans avant sa mort : Il sera facile à étouffer. Quinze jours avant sa mort, elle le frappait au visage et le blessait. Enfin, elle avait un intérêt évident à ce qu'il mourût, car ses projets de départ avaient transpiré, et madame de Feuchères avait un intérêt capital à ce qu'il ne partît pas, car arrivé au dehors, le prince eût refait son testament. Il avait manifesté l'intention de secouer le joug de madame de Feuchères (déposition Bonnie). Il désirait qu'elle ne sût rien de son départ (déposition Manoury). Elle savait qu'il était question de ce départ (déposition Cauvet).

Mais la justice a prononcé, dira-t-on. Sans doute ; mais la justice a un bandeau qui souvent lui tombe sur les yeux. En outre, le premier magistrat qui fut chargé de cette affaire, M. le conseiller-rapporteur de la Huproie, qui ne croyait point au suicide, mais qui croyait à l'assassinat, a été remplacé dans l'instruction de cette importante affaire. Et par qui a-t-il été remplacé? Or, M. Persil, *qui a cru au suicide*, est devenu ministre, directeur de la Monnaie, pair de France. M. Bernard (de Rennes), procureur-général, qui a également cru au suicide, est devenu membre de la cour de cassation, et tous les magistrats qui ont cru au suicide ont fait leur chemin dans le monde. Enfin, madame de Feuchères, innocentée par l'arrêt qui déclarait le suicide, ne s'en est pas moins empressée de faire changer toute la distribution de l'aile où se trouvait la chambre de la fatale nuit, comme si elle craignait que les juges de l'avenir y trouvassent des indices.

De tout ceci, nous croyons que l'histoire a le droit de conclure que le duc de Bourbon est mort assassiné ; que la responsabilité du crime est sur la mémoire de Sophie Dawes, baronne de Feuchères ; que la reponsabilité de l'impunité de la baronne de Feuchères est sur la conscience de Louis-Philippe d'Orléans, qui a cru avoir intérêt à ce que la femme à qui il devait l'héritage du duc de Bourbon, ne montât point sur l'échafaud. La chute de Louis-Philippe ne nous fera pas ajouter un mot de plus contre lui. L'historien ne doit rien dire au delà de ce qui lui paraît évident. Rien ne prouve que le duc d'Orléans ait été complice du crime ; tout porte à croire qu'il en a désiré l'impunité. On assure qu'il avait un motif impérieux pour la désirer ; c'est que la baronne de Feuchères possédait une lettre, dans laquelle il lui mandait d'empêcher, *à tout prix*, le départ du duc de Bourbon pour l'étranger. Sophie Dawes ayant commenté d'une manière sinistre ce mot imprudent *à tout prix*, le duc d'Orléans devait appréhender, dit-on, que la lettre, objet de ce commentaire meurtrier, ne fût produite au grand jour de l'audience.

Nous avons tenu à éclaircir, autant qu'il était en nous, le sanglant mystère de Saint-Leu, il importe d'exposer maintenant, d'une manière sommaire, la politique du règne de Louis-Philippe. Enfin le voilà roi ! Que d'espérance n'avait-il pas fait naître ? Le gouvernement à bon marché, la liberté la plus complète laissée à la presse, le progrès, la prospérité, la dignité et la fermeté au dehors, telle était l'histoire prophétique qu'en traçaient les amis du Palais-Royal. Que ne fallait-il pas attendre d'un prince qui chantait la *Marseillaise* à son balcon, et qui courait les rues coiffé d'un chapeau gris orné d'une cocarde tricolore, appuyé sur son parapluie et prodiguant des poignées de main aux hommes du peuple qu'il rencontrait ? N'avait-il pas en outre toujours à la bouche les mots de Jemmapes et de Valmy ? On devait bientôt s'apercevoir que ce n'est pas tout que de chanter la *Marseillaise*, de parler d'égalité au peuple, et de ressusciter tous les vieux souvenirs de la Révolution.

Toute la politique du règne de Louis-Philippe dépendait de la position qu'il prendrait au début et du terrain sur lequel il se placerait.

Il avait à choisir entre deux politiques : la politique révolutionnaire qui devait se manifester par la rupture des traités de 1815 et une alliance avec toutes les révolutions du globe, la politique du *statu quo* qui consistait à suivre les mêmes erremens que la restauration. Louis-Philippe opta pour cette dernière politique. Il désespéra de la puissance du principe de la Révolution. Il accepta les traités de 1815. Mais un roi révolutionnaire, faisant les affaires de France sur le terrain des traités de 1815, devait les faire inévitablement beaucoup plus mal qu'un roi légitime. En effet, outre les intérêts nationaux de chaque pays, il devait trouver contre lui les intérêts de principes, pour lesquels ces traités avaient été signés. Il était dès lors indiqué que Louis-Philippe n'osant pas jouer la partie de la Révolution en Europe, et ne pouvant pas, à cause des conséquences attachées à son origine, jouer celle de la monarchie, il serait exclu, il ferait exclure la France avec lui de toutes les grandes affaires.

Cette position prise par Louis-Philippe le conduisit à l'alliance anglaise. Il considéra que l'Angleterre avait été l'âme de toutes les coalitions et que ses guinées en avaient été le nerf, et comme, malgré l'acceptation des traités de 1815, les causes inhérentes à la révolution de 1830 agissaient en elle, il songea, par l'avis de M. de Talleyrand, à tenir les puissances étrangères du Nord en échec en contractant une alliance étroite avec l'Angleterre. La différence des principes n'était pas un obstacle, il n'y a pas pour l'Angleterre de questions de principes, il n'y a que des questions d'utilité. L'intérêt britannique peut s'allier à des gouvernemens anciens comme à des révolutions ; il n'y a qu'un intérêt avec lequel il ne puisse pas s'allier, c'est l'intérêt national du peuple avec lequel il traite, surtout quand ce peuple s'appelle la France. Les intérêts français et les intérêts anglais, au point de vue politique comme au point de vue commercial, sont antipathiques, de sorte que le prix inévitable que met l'Angleterre à son alliance avec un gouvernement qui régit notre pays, c'est le sacrifice de l'intérêt français. Toute la politique étrangère de Louis-Philippe est dans ce mot.

Il y avait en France trois intérêts qui pouvaient être pris en considération : l'intérêt dynastique de la maison d'Orléans, l'intérêt révolutionnaire des principes proclamés en juillet, et enfin l'intérêt français. Du côté de l'Angleterre, il n'y avait qu'un seul intérêt en cause, celui de l'Angleterre. Ce simple exposé des situations respectives indique que tous les sacrifices devaient être de notre côté. Quand on n'a qu'un intérêt à faire valoir dans une alliance, on ne le sacrifie point, parce qu'il est le motif même de cette alliance. Il était donc d'avance logiquement établi que, tant que l'alliance durerait, jamais l'intérêt anglais ne serait sacrifié. Il en résultait que l'intérêt français serait toujours sacrifié, parce que la satisfaction donnée aux intérêts de l'Angleterre suppose l'immolation de ceux de notre pays. L'intérêt français éliminé de l'alliance par la force des choses, il ne restait plus que l'intérêt dynastique et l'intérêt révolutionnaire. Ces deux intérêts n'étant pas naturellement incompatibles avec l'intérêt britannique, on pouvait s'attendre à ce que l'alliance anglaise leur donnât satisfaction dans toutes les questions où ils ne se confondraient pas avec notre intérêt national, et où ils ne compromettraient pas les intérêts de l'Angleterre. Enfin, comme l'intérêt dynastique, étant plus restreint, était plus facile à satisfaire, et que c'était le seul sur lequel Louis-Philippe ne voulait pas transiger, il était indiqué que ce serait l'intérêt dominant pour la partie contractante de ce côté-ci du détroit, de même que l'intérêt anglais prédominerait pour l'autre partie. L'intérêt français complètement sacrifié, l'intérêt révolutionnaire subordonné à l'intérêt dynastique, voilà quelles étaient les bases inévitables du système de l'alliance anglaise.

En jetant les yeux sur les diverses questions qui se sont succédé depuis 1830, on verra que les faits sont complètement d'accord avec ces principes, jusqu'au traité du 15 juillet 1840. Dans la question belge, l'intérêt anglais exige que la Belgique ne soit jamais française, et Louis-Philippe, docile à la voix de l'Angleterre, refuse la Belgique ; en revanche, l'intérêt orléaniste obtient pour la fille du duc d'Orléans une place sur le trône de la Belgique. Dans la question italienne, même résultat. Rien pour l'intérêt français, une satisfaction illusoire et temporaire pour l'intérêt révolutionnaire qui arbore un moment le drapeau tricolore sur les murs d'Ancône, mais que l'on retire aussitôt ; un expédient pour l'intérêt dynastique qui conquiert une majorité avec l'expédition d'Ancône ; un avantage réel pour l'intérêt anglais, la déchéance de l'influence française en Italie. Dans la question polonaise, il y eut un avantage pour l'intérêt orléaniste, qui se servit de la révolution de

Varsovie pour arrêter la Russie qui menaçait la royauté de Louis-Philippe, pour lequel l'empereur Nicolas avait une antipathie profonde et un mépris qu'il exprimait en toute occasion ; un échec pour l'intérêt révolutionnaire, qui aurait voulu servir cette révolution et qui en fut empêché par Louis-Philippe ; un avantage pour l'Angleterre, qui vit avec bonheur les affaires de la Russie, sa rivale, sous le poids de cette immense difficulté ; un malheur réel pour la France, intéressée à l'existence de la Pologne comme royaume séparé, et qui vit périr la nationalité polonaise, cette vaillante gardienne de l'indépendance de l'Europe.

On le voit, dans toutes ces questions, Louis-Philippe n'avait demandé satisfaction que pour l'intérêt égoïste de sa famille. Il avait laissé périr l'héroïque Pologne, et quand le cri accusateur de Varsovie expirante était arrivé jusqu'à Paris, il avait envoyé son ministre dire à la tribune cette cruelle parole : « L'ordre règne à Varsovie. » Il avait sacrifié la Belgique à l'Angleterre, et le lion de Waterloo, debout sur son piédestal, avait vu passer à ses pieds avec dérision notre armée revenant d'Anvers. Il avait sacrifié l'Italie à l'Autriche, et la garnison française d'Ancône relevée, comme le disait un des ministres orléanistes, par un caporal autrichien, avait évacué cette place. C'est ainsi qu'il avait peu à peu fermé par des concessions toutes les questions dans lesquelles l'intérêt français et l'intérêt révolutionnaire étaient engagés. En agissant ainsi, il se croyait souverainement habile. Napoléon était tombé par la guerre ; qu'y avait-il donc à faire pour ne pas tomber comme lui ? Éviter la guerre par tous les moyens et à tout prix. Le Napoléon de la paix, il aimait qu'on lui donnât ce nom, raisonnait ici comme un voyageur qui, ayant vu la chaise de poste qui précède la sienne, se briser contre la borne du côté droit, croirait très habile d'aller se briser contre la borne du côté opposé. De ce qu'un conquérant périt précipité dans la gloire, il ne s'ensuit pas qu'un gouvernement lâche et servile envers l'étranger ne puisse pas périr asphyxié dans la honte.

En 1840, l'alliance anglaise fut rompue, parce que, dans la question égyptienne, l'intérêt révolutionnaire et l'intérêt dynastique n'étant pas en jeu, Louis-Philippe, mis en demeure par l'opinion publique et le vote de la chambre de soutenir l'indépendance de Méhémet-Ali, crut pouvoir s'écarter, sans danger, de sa politique ordinaire et faire quelque chose pour l'intérêt français. Peut-être aussi songeait-il déjà à faire naître une situation qui lui permît d'obtenir les bastilles dans lesquelles il avait mis de si hautes espérances, espérances heureusement si bien démenties par l'événement. Louis-Philippe, en effet, joua dans cette circonstance, un rôle étrange. Il semblait revenu aux jours de sa jeunesse, menaçait tout haut l'Europe de la révolution, parlait de reprendre, s'il le fallait, le bonnet rouge. Il y avait aux Tuileries une comédie montée. On entourait M. Thiers. Marie-Amélie et mademoiselle Adélaïde le suppliaient « de retenir le roi qui allait trop loin. » On eût dit que M. Thiers était un girondin qui ne pouvait atteindre jusqu'à l'exaltation patriotique du fils du citoyen Égalité, ce républicain montagnard. Puis, quand l'affaire fut bien engagée, que M. Thiers eut commencé les fortifications par ordonnance, Louis-Philippe, après lui avoir fait retirer notre flotte de la Méditerranée pendant qu'on bombardait Beyrouth, le chassa et appela M. Guizot qui proclama de nouveau l'alliance anglaise et le système de la paix à tout prix, et se jeta dans la politique du traité de visite et de l'indemnité Pritchard. Cela dura jusqu'aux mariages espagnols. Dans cette question, l'intérêt orléaniste, se trouvant directement opposé à l'intérêt anglais, résista et l'alliance anglaise fut définitivement rompue. Le duc de Montpensier, en épousant l'infante dona Luisa, obtenait une dot immense, et Louis-Philippe pouvait flatter sa vieillesse de l'orgueilleux espoir d'avoir un jour, comme il disait, un de ses petits-fils régnant à Paris, un second à Madrid et le troisième à Bruxelles. La vanité et l'avarice, ces deux passions dominantes des vieillards, trouvant à se satisfaire, firent oublier toutes les considérations de la prudence au prince qui avait poussé la prudence jusqu'à la pusillanimité.

On pourrait diviser la politique de Louis-Philippe en différentes phases et dire que, sous le ministère Laffitte, il gouverna par l'ascendant des hautes popularités de l'opposition de quinze ans, MM. Laffitte, Dupont ( de l'Eure ) et Lafayette ; que, sous le ministère Périer, il gouverna par la crainte de la guerre extérieure et du désordre intérieur. Cette situation, qui se relâcha un moment sous le ministère Molé, dura à peu près jusqu'au ministère Thiers. Sous le ministère Thiers, il gouverna par l'espoir de la résurrection de la dignité nationale et des libertés publiques, espérance trompée par M. Thiers. Sous le ministère Guizot, il gouverna par la crainte renaissante de la guerre, et bientôt après par le système le plus effréné de corruption.

Le caractère de la politique de Louis-Philippe fut le même sous tous ces ministères, ce fut un égoïsme profond, incurable. Il sacrifia imperturbablement tous les intérêts à son intérêt. Il se servit des hommes comme on se sert d'instrumens flétris. Un personnage qui l'a connu particulièrement, disait de lui : « Ce qui frappe surtout dans le roi, c'est son ingratitude systématique pour tous les gens qui l'ont servi et sa haine pour les honnêtes gens. » Comptez, en effet. Il disait dans les premiers temps de la révolution avec ce cynisme de langage qui annonce l'absence de toute délicatesse dans les sentimens et dans les pensées: J'ai trois médecines à rendre: Lafayette, Dupont (de l'Eure) et Laffitte Or, Lafayette et Laffitte lui avaient mis la couronne sur la tête, et Dupont (de l'Eure) réuni aux deux premiers la lui avaient conservée pendant le procès des ministres de Charles X. Casimir Périer racontait, à qui voulait l'entendre, « qu'il n'y avait qu'un moyen de gouverner avec un pareil homme, c'est d'entrer avec la ferme résolution de lui jeter son portefeuille à la figure. » M. Thiers s'est plaint d'avoir été joué et abandonné par lui. A proprement parler, tous ces ministères n'étaient que des relais à l'aide desquels la pensée immuable de Louis-Philippe et l'intérêt dominateur de la maison d'Orléans marchaient. Il y avait un mot que Louis-Philippe aimait à prononcer et par lequel il tranchait toutes les discussions : « Je suis le plus capable, » mot qui, répété aujourd'hui, a l'air d'une dérision de la fortune.

Cette politique devait avoir deux conséquences trop naturelles pour ne pas être inévitables. D'un côté, Louis-Philippe devait exciter des inimitiés violentes, des haines mortelles parmi les partisans de la révolution dont il trompait toutes les espérances et qui voyaient leur confiance trahie, et les royalistes qui n'avaient point oublié les griefs anciens que le duc d'Orléans leur avait donnés en trahissant la branche aînée après tant de protestations de dévoûment. Ces deux indignations produisirent des mouvemens politiques qui furent impitoyablement réprimés. Madame la duchesse de Berry étant venue en Vendée en 1832 pour faire un appel en faveur des droits de son fils, sa tête fut mise à prix. Les d'Orléans, pour qui elle avait été si tendre et dont elle disait : « Les d'Orléans sont de si bonnes gens, » se montrèrent durs à son égard jusqu'à la cruauté. Le chef de la famille Kersabiec ayant été arrêté, après la prise d'armes, allait passer devant un conseil de guerre, et le général Solignac n'avait point caché aux filles de l'accusé que le gouvernement l'avait choisi comme un des chefs de l'insurrection pour faire un exemple sur sa personne. On crut dans la famille Kersabiec qu'une lettre de la duchesse de Berry à sa tante la reine des Français pourrait faire obtenir à M. de Kersabiec et à ses compagnons de prison au moins une juridiction moins rigoureuse que celle d'un conseil de guerre. Quand Marie-Caroline espéra qu'elle pouvait faire quelque chose pour une famille qui avait tant fait pour elle, voici la lettre qu'elle écrivit :

« Quelles que soient les conséquences qui peuvent résulter pour moi de la position dans laquelle je me suis mise en remplissant mes devoirs de mère, je ne vous parlerai pas de mon intérêt, Madame. Mais des braves se sont compromis pour la cause de mon fils, je ne saurais me refuser à tenter pour les sauver ce qui peut honorablement se faire. Je prie donc ma tante, son bon cœur et sa religion me sont connus, d'employer tout son crédit pour intéresser en leur faveur. Les juges qu'on leur donne sont des hommes contre lesquels ils se sont battus. Malgré la différence de nos situations, un volcan est aussi sous vos pas, Madame, vous le savez. J'ai connu vos terreurs bien naturelles à une époque où j'étais en sûreté, et je n'y ai pas été insensible. *Dieu seul connaît ce qu'il nous destine, et peut-être un jour me saurez-vous gré d'avoir pris confiance dans votre bonté et de vous avoir fourni l'occasion d'en faire usage envers mes amis malheureux. Croyez à ma reconnaissance.* »

Quand M. de la Chevasnerie, porteur de cette lettre, arriva à Saint-Cloud et annonça qu'il avait une lettre de la duchesse de Berry, il y eut une panique dans l'antichambre. Comme elle était ouverte, M. de Montalivet la lut; mais Marie-Amélie avertie refusa de la recevoir, comme si le souffle du malheur y eût laissé une empreinte empestée. Plus tard, quand la duchesse de Berry, vendue par Deutz, fut arrêtée et conduite à Blaye, Louis-Philippe la traita avec une rigueur et un oubli si complet des devoirs de la parenté, qu'un journal républicain, la *Tribune*, put dire « qu'il avait agi avec sa nièce, comme un savetier n'eût pas voulu agir avec la sienne. » Les Vendéens furent traqués comme des bêtes fauves. Cathelineau sans armes fut assassiné au moment où il se présent ait en disant : « Je suis sans armes, je me rends, » et Louis-Philippe décora son assassin de la Légion-d'Honneur. Mademoiselle de la Roberie, une jeune fille de seize ans, fut fusillée à bout portant. Des paysans vendéens qui avaient pris leurs armes pour leur foi politique, furent envoyés aux galères comme de vils malfaiteurs. Les hommes de la démocratie qui prirent les armes ne furent pas plus humainement traités. Les combattans de juin furent envoyés devant des commissions militaires, et, sans l'arrêt de la cour de cassation, ils auraient été fusillés. Pour avoir échappé à la mort, ils ne furent guère plus heureux. On les déporta au Mont-Saint-Michel, où ils furent lentement dévorés dans les tortures d'une captivité cruelle et par l'action d'un climat homicide. C'est en vain que tous les journaux réclamaient. Les insurgés de Lyon, qui avaient pris pour devise : *Vivre en travaillant ou mourir en combattant*, éprouvèrent le même sort. Louis-Philippe avait fait écrire au général qui commandait à Lyon : *Soyez impitoyable*. Quand le canon eut réprimé l'insurrection, la punition fut impitoyable, comme la répression l'avait été. Jugés et condamnés par la chambre des pairs, après une courageuse et énergique défense, La Grange, Caussidière, Beaune, Pierre Reverchon, Albert et leurs compagnons d'infortune de Lyon, de Lunéville, de Saint-Etienne, de Grenoble, Marseille, Arbois, Besançon, Paris, furent frappés de déportation ou de détention. Les journaux de gauche, dirigés par des hommes de juillet comme Armand Carrel et Trélat, qui avaient pris, avec une vivacité facile à comprendre, la défense des accusés, furent mandés aussi devant la cour des pairs, et condamnés à des amendes exorbitantes et à de longs emprisonnemens. Dans la rue Transnonain, on avait passé au fil de la baïonnette tous les habitans d'une maison, y compris les femmes, les vieillards et les enfans; dans le cloître Saint-Merry, la mitraille avait tout foudroyé; à Lyon, le bombardement et la canonnade avaient porté partout la désolation et la ruine. La repression judiciaire fut aussi inexorable que la répression armée. C'est en vain qu'Arago, Lafitte et Odillon Barrot étaient allés aux Tuileries après les journées de juin supplier le roi des Français de changer de système. Il leur répondit que son système était bon et *qu'il se ferait plutôt piler dans un mortier que d'en changer.*

Ainsi, Louis-Philippe étayait sur son ingratitude envers les hommes de juillet, sa monarchie fondée sur son ingratitude envers la branche aînée de la maison de Bourbon. Après les insurrections, vinrent les tentatives isolées de meurtre. Les caractères fanatiques, indignés de cette bonne fortune imméritée s'érigèrent en juges de Louis-Philippe et en exécuteurs de leurs propres arrêts. Fieschi, Alibaud, Meunier et tant d'autres se succédèrent dans ces tentatives homicides. Posé comme une cible devant d'invincibles adversaires, Louis-Philippe échappait toujours. Tout lui réussissait, jusqu'aux tentatives d'assassinat faites contre sa personne, sauf la mort de la princesse Marie et celle du duc d'Orléans, il n'avait pas éprouvé un seul malheur. Il tira , les lois de septembre contre le droit d'association et la liberté de la presse , du crime de Fieschi. Ses partisans répétaient autour de lui que le doigt de Dieu était là, et les esprits simples répétaient qu'il y avait presque de l'impiété à attaquer un prince si visiblement protégé par la Providence. Quels efforts, du reste, auraient pu le renverser ? De même qu'il avait cru échapper infailliblement à la chute de Napoléon par le dehors en évitant la guerre par une suite de concessions et de lâchetés, il crut éviter infailliblement la chute de Charles X par l'intérieur, en acquérant à tout prix le concours des majorités parlementaires, dont le défaut de concours avait amené la chute de la branche aînée. Comme ces joueurs qui bizeautent les cartes et qui se donnent toujours celles qui font gagner, il crut que la France respecterait toujours les règles du jeu constitutionnel qu'il violait lui-même en trichant aux élections et dans la chambre. De là naquit ce fameux argument que M. Duchâtel se contentait d'opposer aux reproches et aux accusations les plus fondées de l'opposition et de la presse : Nous avons la majorité.

Louis-Philippe avait en effet la majorité, mais il faut dire à quel prix. Ce ne pouvait être par l'élévation de sa politique intérieure. Il résistait comme un mur à tout progrès ; il avait escamoté les plus précieuses libertés, le droit de l'association, la juridiction du jury pour la presse, la liberté de la discussion; il refusait la liberté d'enseignement, il avait inauguré le système de l'intimidation. Ce ne pouvait être par la dignité et la nationalité de sa politique extérieure. On a vu qu'elle consistait à céder partout, en tout et toujours, à livrer Varsovie en 1847, comme il avait livré Varsovie en 1831. Il fallut donc qu'il créât en France une passion analogue à la sienne, c'est à dire une passion personnelle, égoïste, indifférente à l'intérêt public et prête à l'immoler à ses intérêts particuliers. Il inocula son égoïsme à une petite partie de la classe moyenne qui dominait dans le corps électoral. Ne pouvant se la concilier par des motifs tirés des intérêts généraux, il se l'associa par des motifs tirés de ses intérêts privés. Il l'empoisonna par son contact, il lui souffla son athéisme politique, son indifférence profonde pour la France, son esprit personnel, sa cupidité. Le mobile dont il se servit pour conquérir, non sa sympathie, mais sa complicité, a un nom qu'il conservera dans l'histoire, la CORRUPTION.

Certes, la corruption remonte haut dans le règne de Louis-Philippe, mais elle apparut dans toute sa plénitude et dans toute sa laideur sous le ministère de M. Guizot. Sous les cabinets précédens, la crainte du désordre, l'amour de la paix, les concessions faites par l'esprit public aux difficultés d'établissement d'un gouvernement nouveau, concoururent à l'appui que les majorités électorales et parlementaires donnèrent à Louis-Philippe. Mais, sous le ministère Guizot, toutes les illusions étaient évanouies, toutes les préoccupations avaient cessé. Alors un véritable encan s'établit. Le gouvernement livra aux députés orléanistes les emplois salariés qu'ils partagèrent aux électeurs en échange de leur vote, en conservant les plus élevés et les mieux rétribués pour eux-mêmes. Les députés de la majorité livrèrent en échange à Louis-Philippe la grandeur extérieure de la France, ses libertés intérieures, et sa fortune qui servit de solde à toutes ces transactions. Plus de cinquante mille emplois nouveaux furent créés. Le budget qui, sous la Restauration, n'était que de neuf cent soixante millions, s'éleva à seize cents millions ; la dette flottante, qui était au chiffre de cent soixante millions, atteignit celui NEUF CENTS MILLIONS. Plus de *cinq millards* furent dépensés en dix-huit ans, en sus du budget normal. En outre, on livra à ces appétits violemment excités, la curée des actions de chemin de fer et des grandes fournitures. Cette lèpre s'étendit de plus en plus sous le ministère Guizot, et on en vint à cet excès de cynisme de professer publiquement la doctrine de la corruption. Un des ministres de Louis-Philippe, s'écria : « Enrichissez-vous. » M. Guizot dit aux électeurs de Lizieux, en leur parlant de l'échange qu'ils faisaient de leurs votes avec les faveurs ministérielles : « Vous sentez-vous corrompus ? » C'était une orgie odieuse, immonde, qui faisait baisser le niveau moral. La majorité s'occupait de l'intérêt de la majorité, comme Louis-Philippe s'occupait de l'intérêt orléaniste, et ces deux égoïsmes coalisés pour dévorer la France se la livraient mutuellement.

Dans l'année 1847, les sentines du juste-milieu s'ouvrirent et laissèrent apercevoir aux regards épouvantés les profondeurs du gouffre de la corruption. Le cri échappé de la conscience de M. de Cubières : « Le gouvernement est dans des mains avides et corrompues » fut justifié. Le procès Teste révéla à tous les passions cupides qui fermentaient dans les âmes et les progrès de la plaie sociale. Dix autres procès aussi déplorables achevèrent l'enseignement. En même temps, à la chambre des députés, M. Duchâtel, interpellé dans une séance par M. de Girardin, ne put contester que les priviléges de théâtre et toutes les faveurs dont disposait le pouvoir, étaient devenus une monnaie politique avec laquelle on subventionnait les électeurs et les journaux orléanistes. L'indignation publique qui couvait dans les âmes, comme le feu intérieur d'un volcan, devenait de jour en jour plus intense. L'opposition parlementaire de gauche active la flamme, en faisant un appel à la France dans les banquets réformistes. La France qui dormait, se réveille. Les protestations deviennent innombrables et de plus en plus vives. Louis-Philippe, plein de confiance dans sa majorité et dans les bastilles, répond à ces plaintes universelles qu'il n'y a que *les aveugles ou les ennemis* qui puissent se plaindre et blâmer son gouvernement. La Providence l'aveugle lui-même, sa couronne lui tombe comme un bandeau sur les yeux. Mademoiselle Adélaïde d'Orléans, sa sœur, qui était l'âme de ses conseils, meurt au moment critique. Egérie manque à Numa à l'instant où le vertige le prend. Les passions étant ainsi animées, il ne manque qu'une occasion ; Louis-Philippe la donne, en voulant interdire le banquet du douzième arrondissement, contre le texte et l'esprit de toutes les lois. L'opposition déclare qu'il aura lieu ; M. Duchâtel déclare de sa voix la plus ferme qu'il ne se fera pas et qu'il emploiera la force pour l'empêcher. Louis-Philippe et ses ministres ne comprennent pas que lorsqu'on chauffe la chaudière de la locomotive à outrance, il y a un degré de chaleur qu'on ne saurait dépasser sans que la vapeur emporte tout. L'opposition parlementaire, pour éviter le désordre matériel, recule au dernier moment ; mais la population indignée ne recule pas. Dans la journée du 22 février, les troubles commencent. Des barricades se forment, Louis-Philippe commet la dernière faute qu'il lui reste à commettre et ne convoque pas la garde nationale. Un ambassadeur étranger lui ayant manifesté quelque inquiétude : « Ne craignez rien, lui dit-il, je suis si bien à califourchon sur mon gouvernement, que je suis maître de la situation. » La marque de défiance que Louis-Philippe avait donnée à la garde nationale, en ne la convoquant pas le mardi 22 février, acheva de la lui rendre tout-à-fait contraire. Quand elle fut réunie le 23, elle arriva avec des dispositions malveillantes ou hostiles, elle s'interposa entre la troupe et le peuple, pour empêcher la troupe de tirer. L'aveuglement de Louis-Philippe était si grand, qu'il ne comprit pas encore qu'on marchait à une révolution, et, dans la journée du mercredi, il en était, pour toute concession, au ministère Molé. Dans la soirée du mercredi, la décharge meurtrière qui mit à terre tant de spectateurs inoffensifs, devant l'hôtel de M. Guizot, répandit une indignation universelle dans Paris. Le tocsin sonna, les indifférens eux-mêmes s'animèrent, et toutes les sociétés secrètes descendirent dans la rue. Dans la matinée du jeudi 24, Louis-Philippe n'en était encore qu'au ministère Thiers et Barrot *tempéré* par M. Bugeaud, et il faisait annoncer par un parlementaire dans les rues que le feu eût à cesser. Le sort en était jeté, les dispositions de la garde nationale n'étaient plus équivoques ; elle tenait l'armée pendant que les colonnes populaires renversaient le gouvernement de Louis-Philippe. Celle-ci marchèrent aux Tuileries.

Dans cet instant suprême, la tête de Louis-Philippe tourna. Ce vieillard entêté, qui avait cru à son infaillibilité et à son omnipotence, sentit sa faiblesse ; il eut peur et il abdiqua. Quand la révolution était déjà accomplie, il songea à concéder la régence. Depuis le commencement de la lutte, il avait toujours été en arrière d'une idée et d'un acte, comme un avare en arrière d'un écu. La concession qu'il faisait arrivait toujours trop tard. Quand il eut abdiqué, il envoya M. le duc de Nemours au Palais-Bourbon, pour abdiquer à la fois la royauté de son père en faveur du comte de Paris, et sa propre régence en faveur de sa belle-sœur. M. le duc de Nemours éprouva la même défaillance que son père. Il ne put prononcer une seule parole, pâlit, chancela et s'évanouit comme une femme. Le peuple, maître des Tuileries, ayant forcé le Palais-Bourbon, M. le duc de Nemours se sauva par une fenêtre, tandis que le duc de Montpensier s'évadait des Tuileries en oubliant sa femme. Ces princes, sur lesquels la main de Dieu s'apesantissait, semblaient avoir tout perdu, tout, depuis la tête jusqu'au cœur. Louis-Philippe se sauvait, M. le duc de Nemours se sauvait, M. le duc de Montpensier se sauvait, M. Sauzet, président de la chambre des députés, voulut finir comme la dynastie, et descendre du fauteuil comme elle était descendue du trône ; il prit la fuite et se sauva. Le gouvernement aurait pu écrire après ce Pavie parlementaire : «Tout est sauvé, hors l'honneur. » En effet, aucun de ces hommes ne trouva une goutte de sang dans ses veines pour empourprer la victoire du peuple et honorer la chute de la dynastie d'Orléans. On avait bâclé en 1830 un gouvernement et une charte, ce gouvernement finit par une débâcle.

La duchesse d'Orléans arriva au Palais-Bourbon juste à temps pour voir quelques hommes du peuple proclamer à la tribune les noms d'un Gouvernement provisoire. Elle perdit un de ses enfans dans le tumulte qui se fit lorsqu'il fallut sortir de la salle. Pas un des courtisans du château ne se dévoua pour la protéger ; son beau-frère ne songeait qu'à sa propre sûreté. Pendant ce temps-là, Louis-Philippe montait en voiture et partait pour l'exil, au pied de l'obélisque qui s'élève sur l'emplacement où l'abbé Edgeworth disait cinquante-cinq ans plus tôt à Louis XVI, condamné à mort par Philippe-Egalité : « Fils de saint Louis, montez au ciel. » Après avoir traversé difficilement la France, erré sur le rivage sous des déguisemens divers, Louis-Philippe partait enfin sous le costume d'un Anglais et en ne parlant que l'idiome britannique, pour la Grande-Bretagne. Il s'écria en arrivant sur ses rivages : « Dieu merci, je foule enfin le sol de l'Angleterre, » parole qui couronnait dignement son règne livré à l'influence anglaise, parole qui devait vraiment sortir du cœur du vassal de l'Angleterre.

En présence du dénoûment de la vie que nous venons de raconter, il est un point de vue qui domine tous les autres.

Au sortir du tumulte de ces journées et de ce cataclysme politique qui vient d'engloutir un gouvernement et une dynastie, nous éprouvons le besoin qu'on éprouve après les grands cataclysmes de la nature, le besoin de nous recueillir et d'élever nos cœurs à Dieu. Ah! c'est aujourd'hui qu'il faut le dire : « Que nos ennemis mettent leur confiance dans leurs chariots et dans leurs coursiers ; pour nous, nous invoquerons le nom du seigneur notre Dieu. Ils ont été frappés et ils sont tombés, nous nous sommes levés et nous demeurons debout. » Loin de nous la pensée d'insulter à l'infortuné et de fouler aux pieds les débris de ce grand naufrage ! Le malheur est sacré, et l'inviolabilité qu'il donne est plus respectable à nos yeux que celle de la puissance. Quand il pose son sceau sur un front, toutes nos colères s'attiédissent, et nous ne voulons plus y voir la trace qu'a laissée, en tombant, une couronne usurpée. Oui, pitié pour le malheur, alors même qu'il vient à s'appesantir sur la tête de ceux dont les prospérités ont été sans pitié. Mais n'est-il pas permis aussi, n'est-il pas utile d'étudier, dans ces grands évènemens, le merveilleux travail de la Providence ? Faut-il, par pitié pour les hommes, méconnaître l'intervention de la main du Tout-Puissant dans ces terribles coups qui renversent, en un moment, les fortunes qui semblaient les mieux établies ? N'est-ce pas le cas de s'écrier ici avec le grand évêque de Meaux : « Celui qui règne dans les cieux, de qui relèvent tous les empires, à qui seul appartient la gloire, la majesté, l'indépendance, est aussi le seul qui se glorifie de faire la loi aux rois et de leur donner, quand il lui plaît, de grandes et de terribles leçons. » Est-ce manquer à la compatissance qu'on doit au malheur des hommes, que d'ouvrir la bouche pour donner passage à cette parole qui sort de toutes les consciences à l'aspect de cette grande catastrophe : « Laissez passer la justice de Dieu ! »

Dans ces prodigieux évènemens, c'est là le côté qui nous frappe. Auprès de ce point de vue, tout autre point de vue nous paraît étroit et petit. Nous nous rappelons involontairement la parole du poète qui, voyant tomber du faîte des choses humaines un homme dont les prospérités imméritées avaient été un scandale pour ses contemporains, s'écriait que la chute de ce grand coupable mettait un terme à ce désordre et absolvait les dieux. Non sans doute que la justice divine, patiente comme l'éternité, ait besoin de se justifier devant nous, en frappant toujours dès ce monde ceux qui ont violé les lois divines et humaines ; il suffit de regarder de l'autre côté des temps, pour comprendre cette impunité momentanée qui n'est un scandale que pour les faibles d'esprit. Mais cependant la sagesse éternelle a voulu donner de temps à autre, sur le théâtre du monde, d'éclatans exemples, pour convaincre les intelligences les plus rebelles que les feux qui ont consumé Dathan et Abiron ne sont pas éteints, et que la main qui écrivit la sentence de Balthazar sur la muraille de la salle du banquet, n'est pas affaiblie; alors le Sinaï, tout fumant de la vengeance de Jehovah, comme autrefois de sa gloire, s'illumine d'éclairs, le tonnerre gronde, les fortunes injustes et les trônes usurpés s'écroulent, et le monde, muet de saisissement, répète : « Laissons passer la justice de Dieu ! »

En un demi-siècle, voilà deux fois que la maison d'Orléans devient l'objet de ces terribles avertissemens, et c'est chose admirable de voir comment, dans chacune de ces circonstances solennelles, la main équitable de la Providence a mesuré la punition à la faute, et proportionné la grandeur de la peine à la grandeur de l'attentat. A quoi bon rappeler les crimes de Philippe-Égalité ? Ils sont dans toutes les mémoires. C'est à partir de ce déplorable prince que commence cette conspiration de la maison d'Orléans dont nous surprenons la main dans tous les crimes de la première révolution et dans tous les malheurs du pays. Ses intrigues souterraines, ses liaisons avec tous les acteurs du sinistre drame de 93, Péthion, Danton, Marat; ses largesses factieuses et conspiratrices attestées par la ruine de sa fortune immense; les libelles venimeux de ses affidés contre la reine; toutes les convoitises de l'ambition s'alliant chez lui à toutes les impuissances de la faiblesse et à toutes les défaillances de la peur ; les indignes condescendances de ce flatteur de la rue qui, cherchant la popularité dans des renoncemens et des répudiations que tout homme de cœur flétrit de son mépris, troque le nom de ses pères contre un sobriquet de fantaisie ; tous ces faits sont connus, et c'est en vain qu'un illustre écrivain a employé les ressources de son pinceau à atténuer la laideur indélébile de la hideuse figure de Philippe-Égalité. Rien ne l'arrête sur cette pente fatale. Il glisse de crime en crime, entraîné d'abord par l'esprit d'intrigue et d'ambition, ensuite par la peur, cette mauvaise conseillère des puissans et des riches, comme la faim est la mauvaise conseillère des pauvres. Enfin, vient le jour où, devançant la meute révolutionnaire pour ne pas être dévoré par elle, juge, il condamne l'innocent ; sujet, son roi ; prince, le chef de sa race ; homme, son parent, et il articule un vote que l'histoire a conservé : « Convaincu que quiconque usurpe ou usurperait la souveraineté du peuple mérite la mort, je vote la mort ! »

Quel spectacle et combien nos pères en durent être consternés ! Philippe-Égalité assis parmi les juges, entre Danton et Marat, Louis XVI sur le banc des accusés; Philippe-Égalité condamnant, Louis XVI condamné ; Philippe-Égalité descendant de son siége du haut duquel il vient de laisser tomber cette parole sanglante, pour aller chercher les honteuses délices de l'orgie accoutumée dans une de ces Caprées qu'il s'était ménagées dans Paris, Louis XVI sortant de la prison du Temple pour aller à l'échafaud ! Quelles ne furent point alors les réflexions de ceux qui assistèrent à ce double spectacle ! Quelle douloureuse surprise ! Quels murmures peut-être ! L'oraison commencée s'arrêta sur leurs lèvres. Les cœurs se serrèrent d'étonnement et

de stupeur, et étouffèrent la prière qui déployait ses ailes pour s'envoler vers
Dieu. Les regards effrayés sondèrent les profondeurs de l'infini, en se deman
dant si la justice éternelle ne s'était point endormie dans les cieux déserts et
vides, comme un de ces soleils, flambeaux passagers du temps qui, après
avoir éclairé les mondes, rentrent dans l'éternelle nuit. Téméraires, attendez !
une année ne s'écoulera pas sans que Philippe-Egalité reçoive le châtiment
de ses crimes. Il a tué son roi, il mourra. Prison pour prison, échafaud
pour échafaud, sang pour sang. La révolution se chargera du châtiment de
son ancien complice. Le 6 novembre 1793, 9 mois après le vote régicide du
21 janvier, ceux qui avaient presque douté de la Providence en voyant l'impunité de ce prince régicide, répétaient à l'aspect du sinistre tombereau qui
emportait Louis-Philippe-Joseph d'Orléans vers la place des supplices : « Laissez passer la justice de Dieu ! »

La seconde fois, c'est un autre spectacle qui s'offre à nos regards, mais
un spectacle non moins merveilleux, non moins fécond en enseignemens.
Vous savez quelles avaient été les bontés des princes de la branche aînée
pour M. le duc d'Orléans. On a dit que ces princes n'avaient rien su oublier, c'est une calomnie. Ah ! ils avaient su oublier du moins les crime
et la longue conspiration de la famille d'Orléans contre le droit national et
contre le repos de la France. Les frères de Louis XVI avaient oublié le
sang de leur frère versé sur l'échafaud du 21 janvier, quand ils rendaient,
pendant la restauration, au fils d'un des juges du roi martyr, ses biens, ses
apanages, ses titres, avec leur confiance et leur amitié, et qu'ils le plaçaient
sur les marches du trône. La fille de Louis XVI avait pardonné les malheurs
de sa race, moins grands encore que ses vertus de miséricorde et de pardon
quand elle accueillait avec tant de bonté le fils de celui qui l'avait rendue
doublement orpheline, en votant la mort de son père et en déchaînant contre sa mère, la reine douloureuse, la meute sanglante des calomnies qui la
conduisit jusqu'au pied de l'échafaud. Comment le duc d'Orléans la paya
de tant de bonté, personne ne l'ignore. Le vieux roi Charles X ne doutait
point de sa foi, et lorsque, dans les journées de juillet de 1830, on voulut
l'en faire douter, il repoussa ce soupçon comme un outrage pour la fidélité
du duc d'Orléans : « Mon cousin, répondit-il (1), nous est profondément attaché, et il est trop éclairé par la première révolution pour se joindre à mes
ennemis. »

Il en aurait dû être ainsi, et votre confiance aurait dû être justifiée, Sire. Le
devoir, l'intérêt bien entendu de son bonheur et de son repos, la prévoyance

_____

(1) A M. de Conny.

de l'avenir éclairée par la souvenance du passé, la sollicitude du père de famille et du grand propriétaire, l'intérêt de la France surtout, traçaient cette ligne de conduite au duc d'Orléans. Il en suivit une autre. Il pouvait, à son gré, choisir entre un règne usurpateur et une régence loyale, il choisit le règne usurpateur. En s'entremettant entre la branche aînée et la chambre, il pouvait amener une transaction et épargner à la France l'ébranlement terrible qui suit toujours une révolution. Alors, il aurait conduit les affaires de notre pays avec un titre légal, légitime, sans rencontrer aucun des obstacles qui ont assailli son règne. Il n'aurait point été obligé d'immoler les intérêts nationaux à l'alliance anglaise, car il aurait eu des alliances continentales en Europe. Il n'aurait pas été contraint d'abaisser notre drapeau devant l'anglais Pritchard, de consentir à la destruction de la nationalité polonaise, de renoncer à tout agrandissement et de refuser la Belgique qui s'offrait elle-même à la France, comme une fille à sa mère, et qu'il aurait obtenue à l'occasion de la chute de l'empire ottoman. Il n'eût pas été obligé de subir l'affront de 1840 et de mettre la rougeur sur le front de la France en retirant notre flotte de la Méditerranée pendant que la flotte anglaise bombardait Beyrouth. Il n'aurait pas été entraîné à commettre la folie des mariages espagnols, car la loi salique aurait continué à régner en Espagne. Pouvant suivre une politique nationale, il n'aurait pas été réduit à acheter, aux dépens du budget, une majorité vénale pour acquiescer à sa politique, et il ne se fût point jeté dans les prodigalités et les turpitudes de la corruption. Notre situation politique et financière n'aurait donc pas cessé d'aller en s'améliorant ; elle serait admirable; nous serions aujourd'hui la première nation du monde ; nos frontières s'avanceraient jusqu'au Rhin ; nos flottes, coalisées avec celles de l'Europe entière, tiendraient celles de l'Angleterre en échec ; le 5 0[0 serait à 120 au lieu d'être à 94, le 3 p. 0[0 à 94 au lieu d'être à 60, le commerce et l'industrie fleuriraient, et, plein de jours et de gloire, M. le duc d'Orléans, après une régence tranquille et prospère, se serait retiré déjà depuis quatre ou cinq ans dans la vie privée, suivi de la gratitude de la France, en laissant les rênes du gouvernement à une main plus jeune ; de sorte qu'à l'heure où nous parlons, la liberté et l'ordre, conciliés, règneraient avec la gloire sous le nom de Henri V.

M. le duc d'Orléans ne l'a pas voulu. Il a repoussé la régence, il a choisi le règne ; il a lancé contre Charles X, son roi et son bienfaiteur, une armée révolutionnaire à Rambouillet, et il a dit : il faut qu'il parte à tout prix. Il a chassé la mère et l'enfant, il a encouragé toutes les démonstrations contre les résidences de la famille royale. Il a fait dire à Charles X, par M. le maréchal Maison, que cent mille hommes marchaient à sa poursuite ; il a fait proposer contre la branche aînée une loi de proscription et d'exil ; il a permis que, sous les voûtes du Palais-Royal, on criât des libelles infâmes contre la fille de Louis XVI et tous ses parens malheureux. A la voix de sa conscience, à celle de l'intérêt national qui lui criaient : « Sois régent ! » il a préféré la voix de l'ambition qui, semblable aux sorcières de Macbeth, lui disait à l'oreille : « Tu seras roi. » Il a régné.

Il a régné, et, pendant long-temps, tout à semblé succéder au gré de ses vœux. Les attaques le fortifiaient, l'opposition lui devenait un moyen, loin de lui être un obstacle. Entouré de fils nombreux, tous mariés, et de petits-fils, l'avenir de sa race semblait assuré. Il se jouait des difficultés du gouvernement parlementaire, comme un de ces joueurs expérimentés qui connaissent toutes les finesses du jeu. Les efforts de la tribune, ceux de la presse échouaient contre lui comme les conspirations. Ses adversaires venaient s'abattre dans ses piéges, comme l'oiseau imprudent dans les filets de l'oiseleur. L'évènement qui lui était utile ou nécessaire ne manquait pas d'arriver. Les cartes lui venaient à souhait, et l'on eût dit qu'elles se présentaient à mesure qu'il les nommait, tant il avait la main heureuse. Il tirait de tout péril une arme nouvelle; de la tentative de Fieschi les lois de septembre ; de notre exclusion des affaires d'Orient les fortifications de Paris C'était, au dire de chacun, un habile homme qui faisait rendre à chaque situation tout ce qu'elle pouvait rendre et qui jouait avec les difficultés. Aussi les augures raillaient-ils à chaque instant notre opposition impuissante. Mais nous, pleins de confiance dans la justice divine, nous disions dans le fond de nos cœurs, les yeux tournés vers l'horizon : Laissez venir la justice de Dieu !

Depuis tant d'années qu'il régnait sans qu'aucun indice vînt annoncer la diminution de cette prospérité si persévérante, si entêtée, tous avaient fini par croire qu'elle serait éternelle. Quand nous élevions un doute sur la durée de sa fortune, les habiles hochaient la tête et tournaient en dérision notre crédulité. On nous disait que nous prenions nos désirs pour des espérances, et on nous traitait comme des rêveurs qui veulent donner pour des réalités les songes de leurs nuits. Tout ce qu'on pouvait tenter contre lui ne l'avait-on pas tenté ? Sa nièce, cette femme intrépide, n'était-elle pas venue jeter un appel aux armes dans les bocages de la Vendée et revendiquer la couronne que les lois du royaume assuraient à son fils? Qu'en était-il résulté? Le sang royaliste avait rougi encore une fois cette terre malheureuse déjà abreuvée de ce sang généreux. Cathelineau était tombé assassiné; d'Hanache, Bonnechose, Bascher, Trégomain, avaient grossi la liste des héroïques martyrs de la Vendée ; les bagnes s'étaient étonnés de s'ouvrir pour recevoir une colonie de Vendéens, étranges criminels qui, chaque matin et chaque soir, priaient dans cet enfer de main d'hommes le Dieu de leurs pères, comme ils priaient dans leurs chaumières; et Marie-Caroline de Bourbon avait rencontré, au lieu des royales Tuileries, la prison de Blaye. Les anciens combattans de juillet n'avaient-ils pas voulu protester, les armes à la main, contre l'abandon des principes, des idées, de la politique pour lesquels ils avaient combattu? Qu'en est-il résulté? Le canon de Saint-Merry, les mitraillades de la rue Transnonain leur avaient répondu, puis le Mont-Saint-Michel, ce sépulcre immense, les recevant dans ses homicides entrailles, les avait lentement dévorés en leur laissant sentir toutes les tortures de l'agonie. L'opposition parlementaire, ne l'avait-il pas dissoute dans les artifices de sa politique ou sous l'influence des honteux argumens tirés du budget? Ne s'était-il pas servi de ses chefs, comme, sur les théâtres en plein vent, le montreur de marionnettes, des personnages dont il tient les fils? Enfin, on nous rappelait les tentatives furieuses du fanatisme isolé, échouant comme les combinaisons politiques des partis. Par sept fois des assassins avaient dirigé sur lui leur arme meurtrière, par sept fois la balle avait été écartée par une invisible main. On voulait que nous reconnussions dans cet indice si éclatant et si souvent réitéré la manifestation infaillible d'un décret de la Providence, on nous disait : « Inclinez-vous, et renoncez à une opposition inutile, cet homme est protégé d'en haut. » C'était en vain que nous répondions, tout en détestant ces tentatives criminelles, qu'il ne fallait pas entreprendre de sonder les décrets de la Providence et de juger ses desseins avant que cette vie, si étonnamment prolongée, fût achevée. C'est en vain que nous disions : « Attendez l'avenir ; qui sait si cet homme n'est pas réservé à la justice de Dieu ? »

Enfin, vint un jour où le secret d'en haut commença à transpirer. Cette prospérité, jusque-là inaltérable, se démentit : l'étoile de Louis-Philippe d'Orléans se couvrit d'un nuage de deuil, et un hôte inaccoutumé, le malheur, frappa à la porte du roi des Français. L'espoir de sa dynastie, le premier-né de sa maison, ce fils qu'il avait élevé pour régner, était tombé de sa voiture et s'était brisé la tête sur le pavé de la route de la Révolte ; il était passé en un instant de vie à trépas. Cette mort étrange, comme celle de ces princes retranchés par Dieu, qu'on voit tomber de leur char dans les récits bibliques, frappa tout le monde de stupeur. Nous plaignîmes sa famille, et ce n'est pas aujourd'hui, qu'elle est tombée du faîte de sa grandeur dans l'exil, que nous démentirons ce témoignage de compatissance. En présence de cette vie pleine de jours moissonnée dans sa fleur, quel cœur n'aurait pas été touché? Nous n'avons pas deux langages, l'un pour la prospérité des princes, l'autre pour leur adversité. Nous plaignîmes donc ce prince enlevé si vite par un trépas si étrange et si imprévu ; nous le plaignîmes mais, en même temps, nous nous demandâmes, en voyant Louis-Philippe d'Orléans si cruellement frappé dans son héritier, dans le seul de ses fils dont la mort pouvait être un danger pour sa dynastie, et ce grand héritage demeurant sans gardien, nous nous demandâmes s'il n'y avait pas là un secret dessein de la Providence, qui ne perd point ses coups, et nous nous attendîmes de plus en plus à voir passer la justice de Dieu.

Qu'en pensez-vous aujourd'hui ? Étions-nous aveugles ou prévoyans ? Notre foi respectueuse dans la Providence, était-ce une superstition insensée ou une croyance raisonnable ? A l'heure où nous parlons, on aperçoit toute la suite des desseins providentiels, on voit ce qu'il faut penser de ces prospérités éphémères qui éblouissaient les yeux.

On comprend aujourd'hui pourquoi cette vie a été si long-temps et si merveilleusement préservée et à quelle épreuve suprême elle était destinée. On se rend compte de cette vieillesse si longue se perpétuant par un dessein d'en haut, en face de cette jeunesse sitôt moissonnée. Tout devient clair. Les énigmes s'expliquent d'elles-mêmes, les caractères obscurs s'illuminent, le livre scellé des sept sceaux est ouvert, les hiéroglyphes révèlent aux regards surpris les secrets qu'ils contenaient dans leurs emblèmes mystérieux. Ah ! nous savons aujourd'hui pourquoi la liqueur enivrante de la prospérité fut pendant si long-temps versée dans cette coupe, pleine d'hallucinations et de prestiges, que le chef de la famille d'Orléans portait sans cesse à ses lèvres. Les mailles du filet que l'éternel oiseleur avait tendu dans ces sentiers fleuris, sous les pas de sa proie, deviennent visibles pour tous les yeux. A quoi lui a servi cette nombreuse lignée de fils ? A quoi lui ont servi ces bastilles si solidement bâties, ces canons dont il était si fier, sa fortune immense, ce budget avec lequel il eût acheté un monde, cette majorité vénale qui lui livrait notre gloire, nos intérêts et nos libertés ? A quoi lui ont servi son astuce et ses ruses si vantées, quand le jour des colères célestes est venu ; et lorsque le peuple, ce terrible chasseur, s'est levé, qu'est devenu ce renard qui s'était permis d'échapper toujours aux poursuites, en mêlant ses traces et en promenant sa politique souterraine de terriers en terriers ? Le prévoyant a été pris au dépourvu, le grand machinateur d'embûches est tombé dans son propre piége ; la renommée de seize ans d'habileté s'est évanouie en un moment, comme ces ballons gonflés d'air qu'une piqûre d'épingle suffit pour réduire à rien. Dans ce jour de surprises, on a vu les jeunes gens trembler et défaillir comme les vieillards, et les vieillards agir avec l'étourderie et la témérité de la jeunesse, et quand cette famille qui paraissait si bien enracinée la veille sur la terre de France, a été balayée par l'ouragan populaire, le même cri est sorti de la conscience de tous : « Laissez passer la justice de Dieu ! »

Oui, c'est justice. Le fils subit un traitement analogue sans être pareil à celui de son père. Ce qu'il avait fait lui est fait. Chute pour chute, déchéance pour déchéance, exil pour exil. Il a chassé ses aînés, il est chassé. Ingrat envers la race de Louis XIV comme envers la France, il ne rencontre qu'ingratitude. L'armée révolutionnaire qu'il envoya, il y a dix-huit ans, à

Rambouillet contre Charles X, se retrouve pour dévaster le Palais-Royal et Neuilly. Nous avons entendu les crieurs publics annoncer sa vie, entre deux injures, sous cette même galerie du Palais-Royal où il avait laissé vociférer des injures infâmes contre la fille de Louis XVI et le vénérable archevêque de Paris.

Vieillard, nous vous plaignons, car vos yeux ne se fermeront pas sur notre bien-aimée terre de France ; mais dites, avez-vous permis qu'ils contemplassent la terre de France, une dernière fois avant de se fermer à la lumière, les yeux du vieux roi qui vous avait tant aimé ? Vieillard, nous vous plaignons, car vos cendres exilées reposeront sur la terre étrangère ; mais n'est-ce point parce que vous l'avez aussi voulu, que les cendres de Charles X reposent sur une terre lointaine, dans le caveau des Franciscains de Goritz ? Vieillard, nous vous plaignons, car votre petit-fils, un enfant innocent, a été emporté dans votre naufrage ; mais avez-vous eu pitié de l'enfance de Henri de Bour-bon, ce jeune et glorieux rejeton de l'infortuné duc de Berry ? Vieillard, nous vous plaignons, car, avant que vous posiez la tête sur l'oreiller de pierre où l'on dort jusqu'au dernier réveil, le diadème a glissé de votre front, courbé sous une défaite, et vous mourrez déchu et décoronné ; mais cette cou-ronne usurpée, votre main ne l'avait-elle pas prise sur un front à cheveux blancs ? Nous n'insulterons pas votre chute, c'est sur leur piédestal que nous aimons à attaquer les statues. Mais, à l'aspect de ces merveilleux évènemens, qui feraient voir l'aveugle et croire l'athée, à l'aspect de l'incroyable renver-sement de cette maison d'Orléans dont l'ambition a fait tant de mal à la France, le cœur rempli d'une religieuse terreur, nous tournerons les yeux vers le sublime oratoire où la fille de Louis XVI, que Dieu avait destinée à être témoin de cette immense réparation, élève vers le ciel ses mains misé-ricordieuses pour appeler les pardons d'en haut sur l'exil de ceux qui l'ont exilée, et, à son exemple, sans colère comme sans haine, nous répéterons cette grave et mélancolique parole : « Laissez passer la justice de Dieu ! »

PARIS. — IMPRIMERIE ÉDOUARD PROUX ET Cᵉ, RUE NEUVE-DES-BONS-ENFANS, 3.